U0085775

小說 新 賞

大宋群俠傳

七俠五義

原著　清·石玉崑
編寫　黃秀精

三民書局

在經典故事中成長

　　我常常思索著，我是怎麼成了一個說故事的人？

　　有一段我已經忘卻的記憶，那是一個沒有什麼像樣娛樂的年代，大人們忙著養家活口或整理家務，大部分的孩子都是自己尋找樂趣，妹妹告訴我，她們是在我說的故事中度過童年的。我常一手牽著小妹，一手牽著大妹，走到家附近那廢棄的老宅前，老宅大而陰森，厚重而斑駁的木門前有一座石階，連接木門和石階的磚牆都已傾頹，只有那座石階安好，作為一個講臺恰到好處。妹妹席地而坐，我站上石階，像天方夜譚般開始一千零一夜的故事。

　　記憶中的小時候，我是個木訥寡言的人，所以當小妹說起這段過去時，我露出不可思議的神情，懷疑她說的是另一個人的事。雖然如此，我卻記得我是如何開始寫故事的。那是專三的暑假，對所有要上大學的人來說，這個暑假是很特別的假期，彷彿過了這個暑假就從青少年走入成年。放暑假的第一天，我從北部帶著紅樓夢返家，想說漫長的暑假適合讀平日零碎時間不能完整閱讀的大部頭。當我花了兩個星期沒日沒夜看完紅樓夢，還沒從寶黛沒有快樂結局的悲悽愛情氛圍中脫身，突然萌生說故事的衝動，便在酷暑時節，窩在通鋪式的臥房，以摺疊成山的棉被權充書桌，幾個下午就完成我的第一篇短篇小說、我說的第一個故事。寫完時全身汗水淋漓，用鉛筆寫的草稿也被手汗沾得處處字跡模糊，不過我不擔心，所有的文字都在我腦海中，無需辨認。之後我又花了幾天把草稿謄在稿紙上，投寄到台灣日報副刊，當那個訴說青春少女和遲暮老人忘年情誼的小說變成鉛字出現在報紙副刊，我知道我喜歡說故事、可以說故事，於是寫了一篇又一篇的小說，直到今天。

　　原來是經典小說帶領我走入說故事的行列，這段記憶我始終記

得，也很希望在童年時代還耐不下性子閱讀原典的孩子們，能和我一樣在經典故事中成長。

雖然市場上重新編寫經典小說的作品很多，但對我這個有兩個少年階段孩子的母親來說，卻總覺得找不到適合的版本，不是太簡單，就是太難，要不然就是刪節得不好，文字不夠精確等等，我們看到了這當中的成長空間，於是計畫進行一套經典小說的改寫版本。

首先我們先確定了方向，保留較多文學性，讓這套書適合大孩子閱讀；但也因為如此，讓我們在邀請撰稿者方面碰到不少困難。幸好有宇文正、石德華、許榮哲等作家朋友們願意加入，加上三民書局之前「世紀人物100」的傳記書系列，也出現了不少有文采、有功力的寫作者，讓這套書可以順利進行。對於文字創作者來說，創意是珍貴的資產，但改寫工作就像化妝師，被要求照著一張照片化妝，不能一模一樣，又不能不一樣，一些作者告訴我，他們在撰寫這系列的書時，常常因為想寫的和原著不太一樣而卡住，三民書局的編輯也常常要幫著作者把寫作節奏拉回來，好幾本書稿都是初稿完成後，又大幅刪修，甚至全部重寫。辛苦的代價便是呈現在讀者面前的這套書──文字流暢、故事生動，既有原典的精華，又有作者的創意調拌，加上全彩印刷、配圖精美。這是我為我的孩子選擇的一套書，作為他們告別青春期的最佳禮物，希望能和天下的學子、家長們分享，也期待這套「大部頭的套書」，經過作家們巧妙的改寫、賦予新生命後，保留了經典的精神，又比文言白話交雜的原典更加容易親近，讓喜歡聽故事、讀故事的孩子，長大後也能說故事、寫故事，於是中國經典文學的精華就能這麼一代一代傳誦下去。

林黛嫚

　　一連串武林事件的巧合加巧合，堆砌成大家手上捧讀的這本書。

　　那年暑假，帶著孩子遠離塵囂，躲到南部外婆家——那個號稱隨時可以茶來伸手、飯來張口的「山寨」，歡喜飽足之餘，只需喃喃自語：「唉唉唉，真是幸福啊！」當大家沉浸於悠閒氛圍時，「武林召集令」已從手機急急傳來，然後一群人就像乘坐了哆啦A夢的時光機回到宋朝，跟著七俠五義聽候包公的差遣。

　　時光機還回溯到三十多年前，那個物資極度缺乏的年代。只要武俠連續劇一開演，整個村子的人群幾乎全回到電視機前癡癡守候著：婆婆媽媽們為劇中人曲折悲哀的身世際遇，呼嚕擤著鼻涕，悄悄的擦拭眼淚；叔叔伯伯們眼看亂世梟雄橫逆、宦官奸臣踐踏百姓的景象，全都義憤填膺振臂握拳，有的還會啐一口，吐出一串咒罵的對聯，作為武俠連續劇的另一種配音；我們幾個小蘿蔔頭，或坐或蹲在角落，轉頭聽聽這個又轉頭聽聽那個，還要趕緊盯著電視螢幕，然後趁著空檔，伸手偷偷摸幾顆花生米丟進嘴裡……我捧著書，一邊翻閱裡面的情節，順道對照書本與劇本的差別，也趁機為孩子導讀這一段童年往事。

　　或許這就叫「歷久彌新」，多年前的俠義故事，到現在依然深植人心。即使影評人屢屢嘲諷這類電視劇或小說的劇情八股窠臼、了無創意、結局模式固定，說歸說，似乎每個人仍然堅持看到公義伸張、沉冤得雪，歹徒被繩之以法，好人有好結局……心裡才能歡暢快活。這似乎也彌補了現代生活中的許多欠缺。

　　不過，時代畢竟變遷了。當我講述這些忠肝義膽的俠客壯舉時，在這群高年級小學生眼中，名列最受歡迎人物排行榜的，居然

是——愛喝酒誤事的小俠艾虎。問清原委才了解，這位小俠倘若活在當代，必定是個閃亮亮的「平民小天王」。他出身貧寒，毫無背景靠山，甚至書也念得不多，一切得憑藉自己的機伶果斷，敢愛敢恨，為了達到目標，甚至可以不惜一切犧牲。書裡描述，當黑妖狐智化風塵僕僕潛入皇宮內苑竊取九龍珍珠冠，再由丁兆蕙偷偷藏進馬家莊閣樓後，他勇敢走進開封喊冤告狀，在包公與五堂會審的冷肅威嚴情境下，有膽識堅持口供，讓企圖謀反的襄陽王事跡敗露。「對嘛！這樣才是敢做敢當，能屈能伸，有血有淚的男子漢啦！」我嘿嘿嘿陪笑著，原來大家的觀點差異還真大。

　　至於自視甚高的美男子白玉堂，大家則是毀譽參半，有人認為他好狠鬥勇，只因展昭受封「御貓」，而「五鼠」在外名氣滑落，不被當今皇上重視，就遠道跑來找無辜的展昭算帳，這種橫衝直撞、氣呼呼的模樣，看起來就是個幼稚的孩子嘛！然而心高氣傲的白玉堂也有「出槌」的時候，除了在水裡被蔣平制伏，狼狽得像隻水毛鼠之外，當他要逮捕歐陽春反被點穴制住時，居然還羞憤得自尋短見，「這樣未免挫折容忍力太差了！」「嗯，應該要調整心情，繼續加油！」這時，又有人開口了：「我認為他的穿著品味不錯！」愛漂亮的妹妹指著這段描述：他穿著洋布的汗搭中衣配上月白洋縐套褲、靴襪以及綠花氆，用講究的月白襯襖絲綢，大紅繡花武生頭巾……說著說著，喜歡畫畫的大姐已經依樣畫出一幅花美男走秀圖。

　　隨著劇情起伏，大家在娛樂之餘，不時湊近筆電前抒發己見，點評古人，成為另一種閱讀交流；穿梭在這一本充滿豪情俠義的社

會微小說中，讓我們捕捉到人生的吉光片羽——就在那個充滿蟬唱的美麗暑假。

黃秀精

七俠五義

目次

七俠五義：英雄臉譜

當我們透過新聞媒體報導，發掘許多現實生活中，市井小民的仁心義舉時，滿腔的熱血不禁油然而生；當我們目睹社會價值觀混亂，釀成一連串的偏差事件時，心情也會隨之跌落谷底。無論如何，依然殷殷期待社會某個角落，能夠出現為正義挺身而出的英雄。這種公理得以伸張、沉冤得以昭雪的單純渴望，或許就是七俠五義這類民間故事，能夠流傳千古，獲得眾人青睞的緣由。

這本青少年版七俠五義，是以清朝俞樾所改編的七俠五義為基礎，從一百回的精彩故事中，刪修重整成二十五章。書中的文字鋪排力求淺顯易懂，內容則簡省離奇怪誕的神鬼審案，著墨在江湖豪傑的節操與俠義事跡，期望大家在閱讀過程中，也能同時領略一場歷史文化的洗禮。

七俠五義的前身是三俠五義，而三俠五義本名為忠烈俠義傳，是清朝石玉崑說書的底本。原書以包公作為故事主軸，號召江湖豪傑行俠仗義、除暴安良。或許是包公深獲百姓愛戴，經過口耳相傳、繪聲繪影，他被塑造成「日斷陽事、夜斷陰事」的特殊角色，遠遠超乎自然現象。在元朝的一些雜劇中，已經有許多包公的故事，到了明朝，演變為小說，後來經過增添潤飾，成為龍圖公案的章回體。

龍圖公案是清朝石玉崑撰寫三俠五義所依據的藍本。石玉崑，別號問竹主人，原本是位說書人，他所撰寫的忠烈俠義傳雖然欠缺深厚

的文學素養，文字筆觸稍嫌粗鄙，但全書精彩生動、扣人心弦。

清朝俞樾取得此書時，原本不以為意，但仔細閱讀後，不禁大為讚嘆，於是著手將忠烈俠義傳再重編為七俠五義。他不僅刪去繁詞冗句，運用精妙的敘述描寫，字字句句簡潔流暢，更進一步翻查考證史實，修改誇張荒誕的章節。例如：在龍圖公案中，鬧東京的五鼠是五個妖怪，玉貓是一隻神貓，經過「修定翻新」，玉貓成為御貓展昭，五鼠轉變成「鑽天鼠」盧方、「徹地鼠」韓彰、「穿山鼠」徐慶、「翻江鼠」蔣平及「錦毛鼠」白玉堂五位身懷絕技的俠義之士。每個人物都懷有滿腔豪情壯志，令人印象深刻。其次，俞樾認為南俠展昭、北俠歐陽春，雙俠丁兆蘭、丁兆蕙已是四俠，並非三俠；加上「黑妖狐」智化、「小諸葛」沈仲元，以及「小俠」艾虎，所以改名為七俠五義。

書中主角之一南俠展昭英姿挺拔、文武雙全，平日喜愛遊山玩水，偶然機緣解救包公，皇帝親上耀武樓試武藝，被封為御前四品帶刀護衛，欽賜「御貓」封號。協助辦案過程中，屢屢展現機智與寬厚仁心，例如：在西湖賞玩景致時，與丁兆蕙合力救助周老丈人，還趁勢向不肖鄭新取回銀兩；為了取回三寶，勇闖陷空島，從螺螄軒到通天窟，一一突破難關，將俠士鬥志發揮得淋漓盡致。

北俠歐陽春與展昭齊名，身材魁梧，器度不凡，碧眼紫髯更是特別，人稱紫髯伯。武功高深，重情重義，雖然木訥不善辭令，但處事圓融，白玉堂曾經想逼他束手就擒赴京請罪，反被歐陽春制伏，惱羞成怒差點上吊自盡，歐陽春急忙救了他，還因此自責不已。

書中的「五鼠」就是五義，也各有不同專長特質：經常軍服打扮的盧方，綽號鑽天鼠，為人憨厚重情義，擅長爬桿；韓彰綽號徹地鼠，軍人出身，勇敢無比，會做地溝地雷；穿山鼠徐慶鐵匠出身，為人豪爽，率直坦白，外號愣爺，能探山十八孔；翻江鼠蔣

平，身材瘦小，模樣如同病夫，但足智多謀、機巧伶俐，熟諳水性，在水中能張目視物，潛伏數月。

最後是相貌俊美，儀表非凡的白玉堂，綽號錦毛鼠，一出場就揮劍迫使苗秀之妻傷痕累累，冷峻俐落的態勢令人咋舌。當他得知展昭受封「御貓」時，即心生不滿，千里迢迢從陷空島到京城，想要與展昭一較高下，不僅大鬧開封府，私闖皇宮內苑，到忠烈祠的粉牆塗字，甚至冒險進入開封府偷取三寶，曲折過程更顯示出他的驕傲與任性。

丁氏雙俠兆蘭、兆蕙是茉花村孿生兄弟，家境富裕。兩人面貌相仿，都行俠尚義、活潑率真。丁兆蘭從小就疼愛弟弟，凡事都以弟弟為優先考量，兩人還聯手串通，用激將法激展昭與妹妹比武，因而締結一樁姻緣。

綽號黑妖狐的智化辯才無礙，腦袋精明無比，為了成就大事可以不計代價犧牲；書中描述他事前縝密設計裝扮，帶著管家一行老小，冒險潛入皇宮禁地，成功竊取九龍珍珠冠，迫使馬朝賢、馬強伏法，過程曲折離奇，可說是險象環生。

青春活潑的小俠艾虎，個性粗魯莽撞，小小年紀就經常貪酒誤事。在招賢館裡拜黑妖狐智化為師習武，聰穎的模樣加上口齒伶俐，還讓北俠歐陽春收為義子，堪稱一絕。

「七俠」裡，最後才加入的小諸葛沈仲元，他假意跟隨襄陽王，是為了將來裡應外合。對於他能包蒙羞恥、忍辱為國的俠義真情，在書中獲得特殊的評價，被讚許是真英雄。

這本七俠五義經過刪修潤飾，藉由一氣呵成的事件描述，加上書中人物各有特殊本領，讓這群忠貞俠義之士的滿腔熱血躍然紙上。期望大家透過字句章回的閱讀過程，與書中人物同喜同悲，一

起扼腕嘆息或振臂疾呼，在領略俠客義士的豪邁熱情之際，也對傳記傳奇賦予嶄新的視野與詮釋；或許在動盪的局勢中，能為紛亂的社會注入一股安定的力量——衷心希望如此。

寫書的人
黃秀精

　　國立臺北教育大學語文與創作學系研究所畢。現在新北市一所美麗的城堡小學擔任教師。曾獲教育部文藝創作獎，全國語文競賽教師組作文第一名，每年都要陪伴學生參加語文競賽。喜歡閱讀、團購、烹調美食或是閒散聊天，喜歡簡單的生活，在平凡的日子自得其樂。

七俠五義

一第一章 因緣際會 英雄救難

　　靜謐的黃昏時刻，涼風輕拂樹林裡的濃密枝椏，幾片葉柄脫落的枯葉，隨風迴旋翻轉著，緩緩落下。一個挺拔的身影稍稍駐足，揚起濃眉，左右眺望，深邃黝黑的雙眸，透出一股瀟灑英氣。他正是展昭，宋朝常州府武進縣遇杰村人，人稱南俠，平日喜好雲遊四方，走訪名山古蹟。此時，他正朝向沙兒屯方向大步邁進。沙沙沙，嘶──，沙沙沙……

　　「咦？那裡似乎有個人影。」展昭仔細一瞧，樹林裡竟然有位道人在樹上綁了繩結，看似企圖自殺，於是他大聲驚呼：「千萬不可！」趕緊上前將他救下。

　　等道人氣息舒緩，慢慢回復神志後，展昭問：「你為什麼想不開呢？」道人先是愣了一下，接著唉唉嘆氣。

　　「你有什麼困難不妨說說看，或許我幫得上忙。」展昭一邊說著，一邊用雙掌按壓道人穴位，舒緩經絡。

　　「貧道在金龍寺中修行，寺內僧人法本、法明二

人平日放縱酒色財氣，在鄉里間為非作歹，甚至擄掠婦女。住持知道後，非常憤怒，嚴厲的責罵他們。沒想到他們兩個不但不知悔改，還忿恨不平，前些日子竟然將住持偷偷殺害了。」

道人說著說著，想起住持，不禁流下兩行熱淚，一會兒，又抬頭看著展昭，繼續說：「我趕到衙門舉發告狀，想為住持申冤報仇，反倒被重重責打二十大板。原來早在我到衙門之前，他們就買通衙門裡的差役，誣賴我歪曲事實、陷害善人……眼看無處申冤，我才會想一死了之。」說到心中委屈，道人神情黯然，一時哽咽。

展昭知道事情的來龍去脈後，安慰道人：「別傷心，這兩個凶惡之人自然會得到懲治，你先在前面飯館等候，我一定為你申冤平反，討回公道。」之後，展昭悄悄私下查訪，對照鄉里百姓的說法，了解道人說的是否屬實。

傍晚時分，展昭大步跨進飯館，遠遠就看見道人獨坐在角落，神情恍惚，若有所思的樣子。對面桌子則坐著一對主僕，正靜靜飲酒。

道人一見展昭進門，連忙起身讓座。展昭揮手示意，並未坐下，一邊從懷裡掏出一錠銀子遞給道人，

一邊說：「你隻身在外，這銀子先拿去應急，至於申冤平反的事，後續我會再處理。」道人伸手接過銀子，磕頭道謝後，才慢慢走出飯館。

　　對桌的主人見展昭氣宇軒昂，一派正義的模樣，不禁起身抱拳行禮：「大俠若不嫌棄，可否同桌聊聊？」

　　展昭仔細打量，見對方面色黝黑，相貌清奇，氣度不凡，不由得心生好感，便滿臉笑容說：「既然您都這麼說了，小弟怎麼敢不遵從？」待展昭坐下後，兩人便開始介紹自己。

　　「我姓包，名拯，字希仁，正準備進京考試。請問大俠貴姓大名？」

　　「小弟姓展，名昭，字熊飛。」

　　「原來是展大俠，幸會、幸會。」

　　「小弟雲遊四方，恰巧經過這裡，今天能與包兄相識，真是難得的緣分啊！」

　　兩人隨後又聊了些家事、國事，彼此言語投機，相談甚歡。但過沒多久，展昭便聲稱有事匆匆告退。

原來展昭心裡早就預定夜闖金龍寺。當天色一暗，他隨即改換黑色的夜行裝，輕輕越過牆門進入寺內，接著兩腿一蹬，悄悄躍上寶閣。

此時，閣內兩名凶惡的僧人正摟著四、五位婦女飲酒作樂，其中一人說：「等到深夜，咱們再對雲堂小院那個趕考的書生下手也不遲。」

展昭一聽，心裡想：「何不先救這書生，再來殺這兩個惡僧人？難道還怕他們會飛上天嗎？」因此，趕緊隱身來到雲堂小院。

到了院門口，他用巨闕寶劍使勁一揮，門外鐵環「喀哧」一聲落地，裡頭的家僕以為是惡僧人來了，早已嚇得縮在桌角，全身發抖，口裡直呼：「別殺我！」

書生仔細一瞧，來的人正氣凜然，正是他白天在飯館巧遇的展昭，不禁低聲驚呼：「展大俠！」

原來，此書生即是包公，他與家僕包興忙著趕路，錯過投宿的客棧，恰巧望見遠處巍巍矗立的金龍寺，主僕兩人只好叩門借住一宿，沒想到卻是誤入賊窟。

展昭見到兩人時也嚇了一跳，但隨即恢復冷靜，上前拉住包公，低聲說：「包兄請隨我來。」

三人快步離開小院，拐彎從旁邊小門繞到後牆。

展昭從百寶袋中掏出如意繩繫在包公腰間，自己則縱身躍上牆頭，雙手一拉，就把包公提到牆上。

「包兄下去之後，趕緊將繩索解開，我再來解救包兄的僕人。」展昭說完，將包公往牆外一放。不一會兒功夫，包興也被安然救出。

兩人一脫離險境，便聽到展昭朝牆外低聲說：「包兄趕緊離開這裡吧！」包公還來不及回答，展昭身影一晃，已經消失在漆黑的夜色中。

包公與包興在黑夜中奔逃，跟跟蹌蹌跑了二三十里路，這時天色慢慢由暗轉亮。他們遠遠看見一處燈火，急忙敲門。應門的是位老先生，看兩人不像壞人，就招呼他們入內，還拿了黃沙碗，盛了熱騰騰的豆漿給他們喝。兩人勞碌一夜，備受驚嚇，此刻在草屋中，啜飲著豆漿，肚裡暖洋洋的，身心無比舒暢。

三人正閒聊時，窗外忽然閃過幾道紅光，包公跟著老先生走出院門，看到東南方火光衝天，連忙詢問：「這是哪裡著火了？」

老先生回答：「依方位看，應該是金龍寺，」隨即又繼續說，「老天有眼，真是天理昭彰啊！這座金龍寺自從老住持死後，兩位徒弟簡直就是無法無天，經常謀害人命、搶奪婦女，今天終於得到報應了。」

包公心裡猜想：「金龍寺大火，應該就是展大俠伸張正義的吧！」

　　過不多時，遠處響起陣陣雞鳴，包公告別了老先生，繼續趕赴京城。

第二章　化險為夷　山寨結義

　　宋朝仁宗皇帝登基後，立龐氏為皇后，龐吉為國丈，並加封他為太師，從此龐太師便仗著自己的權勢，和趨炎附勢的朝臣結成黨羽，不斷欺壓其他大臣。

　　包公考試的那一年，仁宗皇帝欽點龐太師擔任主考官，許多參加考試的讀書人四處蒐羅金銀財寶奉承、賄賂考官，但包公卻不為所動，憑著自身豐厚的學問錄取，被派任鳳陽府定遠縣擔任知縣。

　　包公上任後辦案認真，對高官、百姓一視同仁，絕不徇私包庇，沒有多久，他便以公正廉潔、斷事如神的風範而遠近馳名。

　　然而好景不常，有一次包公遇上了狡猾的嫌犯，不得不動用刑具，卻不小心將犯人夾死，加上他名氣大，原本就招來許多人的嫉恨，於是便被革職，只好離開定遠縣。

　　在返鄉途中，包公與包興一身便裝走在蜿蜒的山徑上，不久便來到了土龍崗。土龍崗在定遠縣邊陲，

山勢險惡，易守難攻，是山賊窩居的據點。

「少爺，咱們先歇一歇，喘口氣吧？」<u>包興</u>汗如雨下，體力有些不支。

<u>包公</u>點點頭，兩人稍稍停頓。<u>包興</u>一邊擦汗一邊四下張望，沒想到他這一看，卻和不遠處山頭上的一個漢子對上視線，心裡瞬間涼了半截。

那漢子身材矮胖，面色黝黑，袒露著半邊胸膛，雙手插腰，瞪視著<u>包公</u>主僕，看起來並非善類。只見他嘴角一揚，手勢一伸，後方的山頭便響起一陣鑼鳴，接著山徑側邊突然跑出許多小嘍囉，把<u>包公</u>主僕拉下馬，用繩子細綁，迅速押上山寨。

一路上<u>包興</u>怕得不斷顫抖，忍不住問：「少爺，您看這該怎麼辦才好？」

「一切見機行事。」<u>包公</u>神色鎮定，持續觀察周圍的狀況。

「閉嘴，哪來那麼多廢話？」小嘍囉推了兩人一把。

山寨裡還有三個大王，一看擄來了兩個人，隨口吩咐小嘍囉把他們綁在旁邊的柱子等候發落。

過一會兒，只見剛才那個矮胖頭子慌慌張張、氣喘吁吁的跑回山寨嚷嚷：「不好了！我在山下又碰見一

個人，那人武功高強，我和他一交手，就被摔倒，幸虧我跑得快，否則就要吃大虧了。哪位哥哥可以出去和他交手？」

大大王說：「讓我去會會他。」

二大王也說：「我也奉陪。」

兩位大王來到山下，遠遠望去，只見一個人站立在山坡上，英姿颯爽，氣宇昂揚。大大王走近一看，忍不住哈哈大笑：「原來是展大哥啊！好久不見，我還以為是誰呢？快到山上敘敘舊吧！」展昭見是舊識，笑了笑，抱拳行禮，就與兩位大王相偕上山。

「包大人怎會在此地？」展昭一走進大廳，看見被綑綁的兩人，不禁驚訝的喊出聲。包公聽見熟悉的聲音，睜眼一瞧，也吃了一驚：「恩公展大俠？」

大大王一聽，嚇了一跳，心想：「居然把包大人綁來了，這下怎麼辦才好？」趕緊上前將兩人鬆綁，恭敬的對包公行禮，並請包公到大廳就座。

展昭見包公的裝扮，十分疑惑：「包大人是來這裡查案子的嗎？」

包公苦澀一笑，娓娓說出自己被革職的境遇。

「真是失敬、失敬！」展昭隨即要四位大王近前來。大大王謙恭的彎下身向包公介紹：「在下王朝，虛

長幾歲，是為大哥，馬漢居二，張龍第三，」王朝點頭看看一旁的矮胖頭子，說道：「這是趙虎，第四。」四位大王一字排開，向包公誠心賠罪。

包公抱拳回禮，問：「我看各位都是英雄豪傑，為什麼在這裡據山為王，做些擄掠的勾當？」眾人聽完包公的問話，面面相覷，一陣羞報。

「我們也是因為奸臣當道，時勢所逼，不得已藉此安身。」王朝率先回應，「當時張龍、趙虎進京求職，卻因為一時失察，誤投龐太師府中。他們在那裡目睹朝廷權貴之間的奸險狡詐，心中漸漸嫌惡這種勾心鬥角的紛爭，便打定主意離開龐府。經過此山時，幾個小山賊將他們團團圍住，企圖搶奪財物，兩人憑著一身好武藝，三兩下就殺退山賊，順勢成了山寨之主。」

張龍也說：「王朝、馬漢兩位哥哥也是因為與人爭執，被逐出龐府，憤而動身返鄉，途中路過山寨，我們見兩位哥哥都是熱血好漢，武藝高強，還同樣都曾誤入龐府，四人義氣相投，所以就結拜為兄弟。」

聽完兩人的說明，包公若有所思，仔細端詳著四人。

展昭順勢說：「我看，大家都是忠義之士，今天剛

好包大人在這裡，雖然眼前遭到革職，但是將來朝廷必將拔擢重用。那時，所有弟兄如果能棄暗投明，為國效力，豈不是更好？」

王朝說：「我們早就有這樣的想法了，如果包大人將來受到朝廷重用，我們都願意盡忠效力。」

包公點頭答應：「往後有機會，必定邀請四位壯士。」當晚六人喝酒談心，心意相合，言語投機。隔天，包公與展昭告辭眾人，下了土龍崗，兩人雖然惺惺相惜，卻因各有目標，只能各奔前程。

第三章 勇士投效 揭弊有功

　　離開土龍崗後的幾個月，包公因協助朝廷審案有功，獲得仁宗皇帝賞識，復職並升任開封府府尹，更在因緣際會下，聘請到學識豐富的公孫策幫忙辦理案件。

　　某天，公孫策外出查案投宿旅店，忽然聽見一陣嘈雜，接著便有人嚷著：「管他是誰，快給我騰出一間大空房來，不然我就把房子都拆了！」

　　店主人無可奈何，走到公孫策房門外，吞吞吐吐的說：「先生……請您委屈一下，將這間房間讓給他們幾位住吧！」

　　公孫策推門一看，店主人身後站了幾個壯漢，其中有個黝黑矮小的，正氣呼呼的雙手插腰。公孫策不忍店家為難，正想答應換房，卻又進來另一位黝黑高大的壯漢，笑容滿面的說：「不敢勞煩先生，我們到隔壁房去住。」

　　「我只有一個人，改換成小間房即可。請各位稍

等，我馬上收拾東西。」公孫策轉身回房，那名黝黑高大的壯漢趕緊道謝，吩咐另外三人在一旁等候。

不一會兒，黑矮的壯漢說：「我不怕別的，就怕明天到開封府，他對前仇耿耿於懷，不肯收留我們，那該怎麼辦？」

「四弟放心，我看包大人絕不是那種人。」黝黑高大的壯漢立刻回答。

公孫策一聽，連忙上前說：「原來四位壯士要上開封府，若不嫌棄，我願意幫你們引見。」四人聞言，紛紛站立，各自通報姓名，原來他們正是王朝、馬漢、張龍、趙虎。

王朝說：「當初我們曾向包大人表露棄暗投明的心志，最近聽說他做了開封府尹，我們就遣散小嘍囉，分發糧草金銀，帶著幾個隨從想到開封府投效。」

公孫策笑著說：「我叫公孫策，初在開封府裡任職，明日原本就要回去向大人報告案情，正好可以和你們一起上路。」

「那就有勞公孫先生了。」王朝恭敬行禮。

隔日清晨，眾人在幽幽天色中出發，不久便來到一處松林。只見一座巍峨的廟宇矗立在眼前，接著突然有位紅衣女子在牆邊一晃，一眨眼的功夫就進了廟

門。

張龍說：「這個時候有女子進入寺廟，必定沒好事，趁著天色還早，我們何不進去廟裡看看？」其他人也有同感，王朝便叫隨從暫時在樹林裡等候。

五個人大步走向廟門，抬頭一看，匾額上寫著「鐵仙觀」。

「咚！咚！咚！」趙虎在廟門上掄了三拳，大喊：「開門哪！」

「是誰？大清早的，做什麼？」前來應門的瘦小道人滿臉不悅，公孫策連忙上前施禮，假借說眾人趕路，口渴舌乾，想要借地方休息、喝杯茶。

正說時，又走來一位濃眉大眼、膀闊粗腰又滿臉橫肉的道人，打量了一下五人，便招呼他們入觀。

眾人來到大殿，只見殿裡到處燈燭輝煌，王朝、馬漢和公孫策等人依序坐下。趙虎輕聲對張龍說：「三哥，咱們去找找剛才在廟門外看到的紅衣女子。」兩人趁道人準備茶水時，推說要上茅廁，就悄悄走到後院探看。

後院擺著一只大鐘，趙虎走到鐘邊，隱約聽見呻吟聲，便說：「在這裡！」

「四弟，你去掀鐘，我來拉人。」張龍低聲回應。

趙虎挽起袖子，一手抓住鐘上的鐵爪，另一手用力往上一掀，張龍順勢把鐘裡的人揪出來。兩人仔細一看，卻是個老人，被繩子五花大綁，嘴裡塞滿棉花。

張龍急忙幫他鬆綁，掏出他口中的棉花團，老人乾嘔一陣，稍稍定神才說：「折騰死我了！」

張龍問：「老丈人是誰？為何被他們扣在鐘下？」

老人嘆了一口氣，有氣無力的說：「我叫田忠，是陳州人，因為急著趕路，錯過了住宿店家，夜裡無處可去，只得投宿這座廟，沒想到這兩個凶惡道人見我行李沉重，起了貪念，趁我熟睡時，想要加害我，正要動手殺我時，忽然聽見敲門聲，就將我暫時扣在鐘下了。」

趙虎接著問：「這荒郊野外，投宿不易，丈人又怎麼苦苦半夜趕路？可有什麼苦情？」

老人咬著牙，顫抖著回答：「這……龐太師之子安

樂侯龐昱，奉旨前往陳州賑濟。沒想
到，龐昱到了陳州不但不放賑，反而建
造花園，搶掠民間女子。我家夫人金玉仙
前日因為老夫人病癒，到廟裡上香還願，不
巧被龐昱窺見，硬是搶掠擄去，又將我家主人
田起元送往縣牢監禁。」

　　老人眨著乾癟的眼睛，淚水汨汨流下：「嗚……
老夫人一聽到這消息，憂傷過度，沒多久就過世了。
我將老夫人埋葬後，正打算上京控告龐昱這賊官。」

　　這時，牆角有個瘦小的身影正縮頭縮腦的窺伺，
趙虎一瞥，順勢將他一腳踢翻在地，不料這精瘦的
道人翻滾兩圈，懸空蹬腳站穩，跳到樹後，趙虎追
過去，一推一拉之間，順勢將那瘦道人雙手反扳，
讓他動彈不得。就在這時，後門又突然伸出一隻肥胖
大手，高舉著朴刀正要朝張龍砍去，還好張龍手急眼
快，斜邊就踢上一腿。

　　原來是另一個滿臉橫肉的惡道人，他將身體一轉
閃過張龍那一腳，又舉刀迎面砍來，張龍手無寸鐵，
全靠動作靈活、步法巧妙閃避。好不容易見到有破綻，
張龍頭一偏閃過刀面，順勢就是一掌加上一記掃堂腿，
沒想到惡道人卻像金絲纏繞般，將身體迅速迴旋，輕

易躲過攻擊。

　　兩人纏鬥幾回，張龍漸漸不敵。正在危急之際，王朝趕到，飛踢左腿，往惡道人肩胛下狠狠一踹。隨之趕來的馬漢也從後方補上一拳打在他背上，惡道人往前一撲，急轉過身，刀子順手一揮，「啊——」大嚷著猛衝向馬漢。馬漢歪身一閃，惡道人又奔向王朝，王朝在朴刀只離三寸之遠時也驚險的將身躲過。

　　這時，張龍抓準時機朝惡道人後腰猛踹一腳，惡道人「咕咚」跌坐在地，刀也飛了出去。趙虎趕緊補上一腿，用膝蓋壓住惡道人胸膛。

　　公孫策和四位勇士合力將兩名惡道人綑綁，然後四處搜查，搜到菩薩殿時，見到佛像身披紅袍，大家才恍然大悟，不約而同驚呼：「原來紅衣女子就是菩薩顯靈呀！」

　　眾人將兩名道人交送祥符縣官後，帶著田忠一起直奔開封府。公孫策入內參見包公，將土龍崗王朝、馬漢、張龍、趙虎四人投效，以及田忠替主鳴冤之事說明清楚。

　　聽聞龐昱案後，包公草擬一封奏章，叫包興拿給公孫先生謄寫清楚，方便隔天上朝奏明仁宗皇帝。公孫策接過一看，嚇得目瞪口呆。原來奏章內容直言勸

諫陳州放糧之事，甚至指謫聖上用人不當，不該用皇親國戚等等。如此坦率不避諱的說法，萬一惹惱聖上，輕則罷黜免職，重則遭逢禍害。

公孫策面露遲疑，吞吞吐吐的去問包公：「大人，這奏章內容……」

包公手一揮，微微笑道：「公孫先生就別擔心了，為人臣子為聖上進忠言，不應瞻前顧後的。」

隔日，仁宗皇帝看了奏摺頗為不悅，但轉念一想：「這正是直言勸諫，忠心為國的臣子呀！」於是便轉怒為喜，立刻召見包公，加封為龍圖閣大學士，仍兼開封府事務，並命他前往陳州稽查、統籌賑災放糧之事。

包公即刻跪下奏曰：「臣謝主隆恩，只是臣無權柄，無法讓眾人信服，難以完成詔命。」

仁宗皇帝下令：「賜卿御札三道，誰敢不信服？」

而另一邊，公孫策原本在府裡來回踱步，擔心不已，獲悉包公加封龍圖閣大學士，派往陳州查賑時，真是喜出望外，高興得拍手稱賀。只是包公回府後，

七俠五義

22

卻面露憂色，前來與公孫策商量：「聖上賜我御札三道，讓眾人信服，可是，這『御札三道』究竟所指為何？還請先生仔細擬計畫才是。」

公孫策幾番推敲，故意以「札」作「鍘」字，「三道」解作「三刀」，研墨蘸筆，度量尺寸後，又寫了做法，並分為上、中、下三品，依次使用龍、虎、狗的式樣，用筆畫成三把鍘刀。

包公看完後，春風滿面，大大稱讚：「先生果真是天才！」立刻叫包興找來木匠，並說：「還請先生指導，務必連夜趕做樣品，明早呈給聖上看。」

公孫策於是再替設計圖加上更仔細的解釋，說明如何包銅葉子，如何釘金釘子，如何裝鬼王頭，又添了幾種式樣。眾人忙碌一整夜才完成雛型。

隔天一早，包公吩咐用黃箱子將鍘刀盛裝，抬到朝廷上，呈聖上御覽，奏明是御用刑具。聖上看了這設計縝密的御刑，領首微笑，登時領悟想要整頓欺壓百姓、魚肉鄉民的官吏，勢必也得有所憑藉，才能鎮住某些勢力強大的外戚宦官，於是便准奏。

獲得皇上恩准後，包公馬上吩咐公孫策督工監造，派王、馬、張、趙四位勇士執行；王朝掌刀，馬漢捲席綑人，張、趙抬人入鍘。同時操演規矩，訂定章程

禮法。

　　沒多久，御刑即打造竣工。此時，百官齊聚公堂，只見御刑上包覆著黃龍袱套，四位勇士雄赳赳、氣昂昂，上前抖出包覆的黃套，公堂上擺放偌大的龍頭、虎頭、狗頭刑具，反射出閃閃亮光，眾人想到行刑時的慘狀，不禁毛骨悚然；風一吹，更覺冷颼颼，讓人心膽俱寒，這可是從古到今，未曾見過的奇特刑具。眾人觀看後，有人拍手稱讚，有人驚訝害怕，也有暗地批評執法嚴峻的，七嘴八舌，議論紛紛，不知日後將會有誰命喪刑具之下。下朝後，包公便立馬前往陳州調查龐昱放賑之事。

七俠五義

第四章 烈婦摔杯 試探刺客

　　自從在土龍崗與包公辭別後，南俠展昭獨自遨遊名勝古蹟，逍遙度過許多時日。一天，展昭忽然思及家中母親，心想：「娘現在不知如何？想必日日思念不肖兒吧？」內心突然一陣不安，於是匆匆束裝返鄉。

　　展母見愛兒歸來，一邊緊緊握住展昭雙手，一邊回頭叫喚：「來人哪！少爺回來啦！趕緊為少爺準備幾道他愛吃的菜，溫一壺酒來。」展昭久遊歸來，與母親歡聚談笑，母子倆欣喜無限。

　　雖然展昭性喜雲遊四方，但事親至孝，返家後晨昏定省，對母親噓寒問暖，體貼入微。

　　這一天，展昭正陪著母親說話解悶，展母突然渾身顫抖，展昭急忙問：「娘，您怎麼了？」

　　「胸口煩悶，像有石頭壓著。」展母抓著衣襟，氣若游絲。

　　展昭趕緊朝門外大嚷：「快！趕緊請大夫。」全家頓時慌張喧噪，忙亂一陣，等大夫一到，連忙請大夫

入內看診。大夫把脈後，沉默片刻，只吩咐家僕依藥單抓藥，按時煎藥讓老夫人服用，便未說其他。展昭趨步近前，低聲問：「敢問母親的病情如何？怎會如此虛弱？」

大夫嘆了一口氣：「氣結不通，血脈遲滯，現在只能盡人事，聽天命⋯⋯」說完便離去了，留下展昭一人呆立，怔忪良久。

展昭雖然不分晝夜的隨侍在側，衣不解帶的奉湯侍藥，無奈母親依然日漸消瘦。那天，展昭正小心翼翼端藥進房，聽到母親招手叫他：「我的兒啊⋯⋯有你如此孝順，我也⋯⋯」展昭一抬頭，只見母親雙眼圓睜，枯瘦的手臂高舉在空中，像是要告訴他什麼。展昭一急，手上的湯藥「匡啷」一聲，摔得粉碎。他趕忙上前，雙手環抱母親，嚷著：「娘──」然而母親已經撒手歸西。

展昭頓失至親，哀痛欲絕，呼天搶地：「孩兒不孝，無法常伴親側，經常拋下母親，遠走他鄉，說是行俠仗義，卻是愚昧不孝哪！」邊哭邊捶胸頓足，展府一片哀悽，親友僕役各個淚水潸潸，頻頻舉袖拭淚。

老僕展忠苦勸：「少爺，您哭得雙眼都滲出血珠來了，老夫人要是知道，必定不捨哪！」說完，自己也

七俠五義

忍不住流下眼淚。

　　展昭勉強打起精神，與家僕展忠檢視所有的喪儀細節，恪遵禮法，逐一辦理，終於將展母隆重風光的安葬。葬禮結束後，展昭在家中，謹守規範儀禮，一日復一日，每每想著母親在世時的點點滴滴，不免唉聲嘆氣，或暗自流淚。直到服喪百日後，才將家中大小事宜交代家僕展忠妥為管理，然後又隻身出遠門，行跡天涯，將喪母之痛寄託於山水之間。

　　這天，當展昭正遊歷到一處時，遇到一群逃難的百姓，只見長長的隊伍，眾人扶老攜幼，一路哭哭啼啼。展昭不禁詢問他們從何處來。

　　大家爭先恐後搶著抒發心頭怨氣，其中，一名衣衫破舊的壯丁說：「公子，我們都是陳州的老百姓，卻被龐昱這賊官給害苦了！鄉親原本指望朝廷派人來陳州發放糧食，賑濟饑荒，沒想到奉旨來的龐昱只會欺壓百姓，不僅挑選年輕力壯的漢子，強押他們建造花園，還不時搶奪民間婦女，婀娜貌美的作為妾，平庸粗笨的就充當奴僕，於是大家的生活更加悽慘，只好往他鄉逃難，尋求一條生路。」說完不禁悲從中來，放聲哭嚎。

　　展昭聽了非常氣憤，低頭沉思：「現在正巧無事，

不妨前往陳州一探究竟。」

　　在往陳州的路上，一天，當他經過一座墳墓時，有位老婆婆坐在路旁，痛心入骨的哭嚷著：「原本好好的人家，現在竟落得只剩我一個人，真是悲慘啊！」

　　展昭聽老婆婆語音悲悽，上前問：「難道您的家中遭遇到什麼不幸的事嗎？」

　　老婆婆說：「假如人都死了，也就一了百了，苦就苦在不死不活的，生活沒了指望，更令人難受哪！」

　　展昭再仔細追問，老婆婆哭著說：「墳墓裡是我家老夫人。自從少夫人被龐昱擄去，主人含冤被關，老

夫人憂傷過度不久就死了。我丈夫田忠前些日子出發到京城告狀，卻到現在都沒有任何音訊。天哪，我真是苦命啊！」

展昭聽了，非常同情，從懷裡取出銀子，說：「老婆婆，您就別再傷心了，這裡有白銀十兩，您先拿去過日子，您的事就交給我處理吧。」說完，便直奔皇親花園。

展昭來到皇親花園門前，環繞四周圍牆，察看相通路徑，大約掌握狀況。此時，天色還亮著，他心想：「不如先在附近找個地方歇著，夜裡再行動。」等到二更時，展昭改換夜行裝扮出門，騰空躍上側邊屋頂，隱遁身影來到花園圍牆外側。這皇親花園門禁森嚴，四周圍牆高高聳立，只見他輕巧的跳上牆頭，迅速匍匐前進，然後，又取出一塊小石子「投石問路」，輕輕丟下，仔細聽石頭傳來回音，判定底下地勢高低。隨後從百寶袋中掏出如意繩，轉過身將繩索勾在牆頭，稍稍抖動並抓住，左右腳尖輕輕蹬兩下，像一隻從樹梢跳竄的鼯鼠，順勢落下，接著將繩索收回百寶袋中，然後躡足前進。

展昭遠遠就見龐府家丁龐福躡手躡腳來到軟紅堂，和龐昱交頭接耳的，順手把袖裡藏的物品遞給他。

隨後，龐昱嘿嘿乾笑兩聲，拿著一只白玉瓶往麗芳樓走去。

他悄悄跟隨龐昱至麗芳樓，並先一步躍上窗口，躲在軟簾後。聽到一群姬妾正殷勤的規勸一名面貌姣好的女子：「金玉仙姑娘，我們當初也是不從，弄得要死不活的，後來答應為妾，反倒吃好喝好哩！」那位名為金玉仙的女子不說一語，只是不斷啜泣著。

龐昱拿著白玉瓶，心裡盤算著：「剛才請人配製的藏春酒，一般婦人只要喝下一小杯，鐵定是慾火燒身，到時候，看妳還能逃到哪裡？」一邊涎著臉對金玉仙說：「這裡有一瓶酒，只要喝一杯，我就讓妳回去。」說完遞出酒杯。

金玉仙奪過杯子，狠狠摔在樓板上，破口大罵：「你這魚肉鄉民、恬不知恥的狗官，暗地裡做什麼害人勾當，別以為弱女子好欺負，我是寧死不從！」惹得龐昱冷下臉來，正想給她一陣教訓。這時，有個奴婢急急忙忙的上樓回報：「太守蔣完有要事回稟，正在軟紅堂恭候。」

龐昱一聽，惡狠狠瞪了金玉仙一眼，斥喝：「妳就好好考量吧！我可不會虧待妳。」說完轉身往軟紅堂走去。留下金玉仙頹坐哭泣，周圍一群妻妾仍不死心

的繼續勸說。展昭心想：「這名女子應該就是老婆婆口中的少夫人，看來暫且無事，不如先跟著龐昱看他要什麼花樣。」隨後便跟著離去。

不久龐昱便來到軟紅堂，蔣完見了龐昱，連忙稟報：「卑府剛剛接獲文書，聖上派龍圖閣大學士包公前來查賑，算算時程，五日內就會到陳州，卑府看了文書後，不勝惶恐，特來報告侯爺，還是及早準備才好。」

龐昱哼了一聲，說：「按朝廷科舉規矩，父親是主考官，這包黑子當時應試，也算是父親的學生，以師生情分來講，諒他也不敢對我怎樣。」

蔣完回應：「侯爺還是小心才是，包公一向鐵面無私，又有御賜三具鍘刀，從王公到平民，凡犯法者必定嚴格執法，確實可怕。」說著湊到龐昱身邊，說：「何況侯爺的事，難道包公會不知道嗎？」

龐昱愈想心裡愈膽顫，嘴裡仍然逞強：「哪有什麼好怕的？現在我的手下有名叫項福的勇士，不僅孔武有力，還會飛簷走壁的功夫，派他行刺包黑子，這事不就了結了？」說完，龐昱叫人請來項福，細細囑咐他刺殺包公一事。

七俠五義

此時，展昭從窗外窺看，果然有個魁梧壯碩的漢

子，想必就是項福。沒多久，龐昱交代完畢，蔣完和項福鞠躬告辭。

出了軟紅堂，兩人一前一後而行，項福走沒幾步，突然說：「我的帽子掉了。」

蔣完見項福向前幾步拾起帽子戴上，心裡納悶，便問：「帽子怎麼飛這麼遠？」

「可能是被樹枝勾到吧。」又走幾步，項福又說：「奇怪，怎麼又掉了？」蔣完看了看周圍，也覺得莫名其妙。

原來，展昭想要試探項福的武藝如何，第一次施展上乘輕功從路邊快速飛過，順手拿走項福的帽子，再從項福頭上拋遠，隨即將身形隱匿在樹後，沒想到項福並不以為意。第二次走到太湖石畔，展昭又拿走項福的帽子，項福也只是回頭觀看，並不搜查左右動靜。

展昭原本擔心項福對包公造成威脅，但是發現他粗心大意，身手也不靈活，無法察覺周圍環境的細微變化，心想：「龐昱口中的『勇士』，也不過是個武藝不精的空殼子，此刻還不宜打草驚蛇，暫且靜觀其變吧！」

第五章　濟弱扶傾　雙雄相遇

　　隔天一早，展昭就前往太守衙門前窺探，他見門外拴著一匹鞍轡鮮明的黑色駿馬，後面綁著小包袱，馬伕正拿著皮鞭坐在地上等候，猜想項福應當尚未出發。果然不一會兒，項福便走出衙門，展昭一路跟隨，來到安平鎮的「潘家樓」。

　　跨進飯館後，展昭一邊挑了項福對面的座位坐下，一邊觀察周圍動靜，飯館內除了西邊坐著一位看似官吏的老者，並無其他客人，飯館外只聽見馬匹嘶鳴，偶有往來路人高聲叫喚。沒多久，進來一位武生，展昭細細打量，只見他眉清目秀，英姿煥發，不由得暗暗讚賞。

　　這位武生才剛要坐下，原本正在飲酒的項福瞧見了，暗自驚呼一聲，連忙走向武生並抱拳行禮：「請問大俠可是陷空島五義士之一，綽號『錦毛鼠』的白兄？久違了！」武生愣了一下：「正是白玉堂。」

　　白玉堂抬頭細看，趕緊還禮：「原來是項兄呀，多

年不見，今日可真是幸會。」項福邀白玉堂同席而坐。展昭看了，暗自覺得悶悶不樂，心想：「可惜這位少年英雄，竟然與這種人熟稔。」

項福又問：「分別三年，不知金堂兄可好？」

白玉堂嘆了口氣：「唉，我大哥已經去世了。」

項福瞪大雙眼，面露驚訝：「怎麼大恩人已經亡故？可惜可惜。」

這時候，一位衣衫襤褸，面容枯黃的老頭兒，垂頭喪氣的走來，一瞥見坐在西邊的老者就趕緊跪倒在地，苦苦哀求著。只見那老者仰著臉，冷漠的搖搖頭，西邊角落不時傳來哭泣懇求聲。

白玉堂走上前問清楚事情的來龍去脈。原來，這老頭兒是積欠員外債務，員外逼債不成，硬是要以老頭兒的女兒當作抵償，老頭兒才會苦苦哀求。

白玉堂一聽，斜眼看了老者一眼，問：「他欠你多少銀兩？」

那老者回答：「原本是欠五兩銀子，三年沒付利息，算來也有三十兩，總共欠銀三十五兩。」

「原來欠五兩銀子。」白玉堂冷冷哼了一聲，忍不住諷刺：「三年之間，利息變成了三十兩，這利息——未免也太輕了吧？」他轉身叫隨從拿來三十五兩

銀子，繼續問：「當初有借據嗎？」老者立刻從懷裡掏出紙條遞給白玉堂，收下銀兩，笑嘻嘻的走了。

白玉堂將借據交給老頭兒，低聲叮囑：「這麼高的利息，以後可別再向他借了。」老頭兒跪地叩頭，連連稱是，白玉堂扶起他，老頭兒再三道謝才轉身離去。

老頭兒才剛走到展昭桌前，展昭便留他喝一杯酒，趁機問：「冒昧請教座上那老者的來歷？」

老頭兒左右張望，低聲說：「這員外住在苗家集，名叫苗秀，因為兒子苗恆義在太守衙門內當差，總是仗勢作威作福，還在鄰里間放高利貸。」

展昭聽了，點頭不語。兩人隨意聊了幾句，老頭兒就告辭走了。

這時，白玉堂問起項福：「項兄原是打算赴京城求取功名，不知近況如何？」

項福沒想到以前的理想抱負被重新提起，愣了一下，才說：「想當初，在下浪跡江湖，靠著打拳賣膏藥維生，不小心誤傷了人命，幸虧金堂兄傾力相救，還資助旅費讓我進京求取功名。後來，我在半途中遇見安樂侯正要前往陳州賑救災民，因緣巧合受到重用，便留在龐府效勞。」接著，項福洋洋

得意的將自己在龐府前呼後擁、如何被倚重的情景，大大吹噓一番。

「哪個安樂侯？」白玉堂臉色大變的問。

「難道會有兩個？就是龐太師之子安樂侯龐昱啊！」項福回答得理所當然。

白玉堂一聽，頓時氣得青筋暴起，拍桌怒罵：「你——竟敢投靠在他門下？算我白玉堂錯看你了！」說完，氣呼呼的結帳離去。

這一幕，展昭都看在眼裡，衡量著：「原來這位武生也算是個有所為，有所不為的英雄……」心中對白玉堂暗暗讚賞。

聽完老頭兒的不平之事，展昭預估項福抵達天昌鎮的時間還需要好幾天，便決定暫不跟蹤項福，先到苗家集一探究竟。入夜後，展昭潛入苗家集，悄悄躲在苗秀家的客廳外，瞧見苗秀把懷裡揣來的銀子堆在桌上，一邊向兒子炫耀自己在潘家樓平白得了三十兩利息的事。

沒想到苗恆義彎下腰，使勁將六大包的銀子抱上桌子，說道：「爹用五兩銀子賺了三十兩，我可是不花一毛錢就賺得了三百兩！」苗秀聽了，大吃一驚，連忙詢問銀子怎麼來的。

苗恆義笑著回答：「昨日孩兒不是和您提過，龐昱派項福趁著包公離開三星鎮至天昌鎮辦案時行刺一事嗎？龐昱怕項福刺殺包公失敗，決定變裝改扮，從東皋林進京躲在太師府裡，看看包公如何查賬再作打算。另一方面，又派人帶著金玉仙和幾個家眷，從觀音庵的岔路上船，再暗中進京。龐昱問蔣完需要多少銀兩才能安排這些事，蔣完哪裡敢開口向龐昱要錢，一回到衙門，就秤三百兩銀子交給孩兒全權處理。」苗恆義越講越得意：「這兩人無法無天，對這些錢的去向，既不敢聲張也無從考察，這些銀子不就安安穩穩進了孩兒口袋裡了嗎！」說到此，父子倆相視大笑。

展昭站在窗外，心想：「這可真是『惡人自有惡人磨』，一點兒也沒錯。」就在此時，眼角忽然瞥見後方有人影閃過。

「那身形好像是在潘家樓遇見的白玉堂，怎麼現在也來……」展昭不由得心中暗笑：「白天替人家還銀兩，夜間就來討帳啦？」

接著遠遠的燈光一閃，展昭唯恐有人前來，一伏身，盤著梁柱爬上，貼住屋簷，再往下觀看，剛才的人影已經不見了。

一會兒，丫鬟慌慌張張的跑到廳堂大喊：「員外，

不好了！夫人不見了！」苗秀父子大吃一驚，連忙往屋後跑去。

　　展昭趁機沿著柱子盤旋而下，閃進屋子裡，看見桌上放著六大包銀子，另有一小包。他便搋了三大包，心想：「留下三大包與一小包，給那花銀子的，讓他也得一些利息吧。」便迅速的抽身離開。

　　剛才晃動的人影，果真是白玉堂。他原先看見有人在窗外竊聽，後來又見那個人輕鬆爬上屋梁，暗自想著：「這人的本領高強，和我不相上下。」再往前一看，燈光遠遠的迎向前來，剛好是苗秀的妻子和丫鬟準備上廁所。丫鬟放下燈，轉身去拿紙。就在這一瞬間的空檔，白玉堂拔出腰間的刀，在婦人眼前一晃，威脅：「妳要是出聲，我就賞妳一刀！」婦人嚇得全身發軟，哪裡叫得出來？白玉堂伸手將婦人揪出茅廁，先撕下婦人的一塊裙子，塞進她的口裡，接著將她五花大綁，丟在茅廁旁邊的糧倉裡，自己仍躲在暗處偷偷觀看。後來丫鬟不見婦人蹤影，叫嚷聲引來苗秀父子，他隨即從另一邊轉到前廳。這時展昭早已經搋了銀兩離開了。

　　白玉堂進了屋內，看見桌上只剩三大包和一小包銀兩，猜想必定是盤柱的人留給自己的。想到兩人的

七俠五義

默契，暗暗笑了，也揣了銀兩迅速離去。

　　此時眾人仍在提燈尋找婦人，突然聽見糧倉裡有呻吟聲，就著燈光一看，果然就是<u>苗秀</u>的妻子，她嚇得全身顫抖，嘴裡塞著布，兩眼空洞，身體處處傷痕，面貌狼狽。

　　「趕緊扶夫人回房裡清理傷口敷藥，好好照料！」<u>苗秀</u>氣急敗壞的使喚丫鬟、僕人。這時，<u>苗恆義</u>猛然想起客廳桌上還放著三百多兩銀子，大叫：「不好了！中了惡賊的『調虎離山』之計了！」父子倆趕緊跑到前廳，卻已不見銀兩。兩人彼此對望，呆愣許久，一句話也說不出來。

第六章 除弊建功 御貓封官

　　展昭想起苗家父子的談話，提到包公已從三星鎮前往天昌鎮辦案，沒想到當他直奔天昌鎮時，發現包公尚未趕到，於是又半夜趕回三星鎮，寫了張紙條：「明日天昌鎮謹防刺客！分派眾差役做兩路：一路往東皋林捉拿龐昱，一路往觀音庵救貞烈婦人。要緊要緊！」又在旁邊加上一小行字：「貞烈婦人為金玉仙。」暗暗壓在包公桌上，匆匆趕回天昌鎮，靜候情勢變化。

　　家僕發現紙條，將紙條遞給包公，包公微微領首，低聲說：「展大俠果真忠肝義膽，為天下百姓與全局設想。」便囑咐王朝、馬漢與張龍、趙虎加強戒備。

　　第二天，包公帶著眾人抵達天昌鎮，先在公館前後左右仔細搜查，加強巡邏戒備。半夜時，趙虎警覺大榆樹上有個人影，大嚷：「有人！」又聽見：「跳下去了，防範著！」黑影趁勢跳下側邊的屋舍，蹲下身軀，又往上一縱，跳到正廳的屋頂上，眾人頓時情緒

緊張起來。

趙虎嚷著：「惡賊！哪裡逃——」話還沒說完，迎面飛來一片瓦，趙虎閃身躲過，耳邊傳來細碎聲響。這時，藏身暗處的展昭見情勢危急，手一伸，射出袖箭，「哎喲」一聲，那人從屋頂跌落，眾人立刻將他五花大綁。

包公見了刺客，心想若要此人全盤托出，必要先讓他誠心降服，於是說：「好個威武的勇士呀！你我無冤無仇，應當是受小人奸計捉弄，快快鬆綁！」說完，跟左右的護衛使使眼色。王朝見他腿上釘著一枝袖箭，也趕緊替他拔出來。那人感受到眾人的熱血赤誠，又見包公正氣凜然，不由得良心發現，撲倒在地說：「小人項福冒犯欽差大人，真是該死。」將受指使行刺的事，一五一十說了一遍。

刺客既已壓制，展昭轉奔往觀音庵。曲折小徑上，只見一頂馱轎緩緩前進。展昭攔下馱轎，三兩下制伏隨從，救出金玉仙，而馬漢也帶領眾人趕至觀音庵。這時，田忠的妻子楊氏竟然從庵裡走出來，原來展昭從苗家父子那兒得知金玉仙行蹤後，已悄悄送信要楊氏先在此等候。主僕相見，不禁抱頭痛哭。

展昭將金玉仙安頓在觀音庵內，又對馬漢說：「賢

弟回去請替我拜見包大人，並轉告包大人，展昭改天再親自拜見。金玉仙乃貞烈之婦，不必當堂對質。」說完，躍上馬匹揚長而去，留下瀟灑身影。

而另一邊，張龍、趙虎也抄進東皋林，遠遠見一行人乘馬而來，趙虎故意撞上，順勢倒在地上哀號。

張龍上前將領頭的馬環揪住，差役大聲嚷嚷：「該死刁民，竟敢攔阻侯爺！」張龍也大喊：「誰管他是什麼侯爺，快把我們的人救活！」差役怒吼：「不怕死的，還敢撒野！這是太師之子──安樂侯微服出訪，你們膽敢擋住去路！」原本躺在地上的趙虎聽到來者正是龐昱後，一咕嚕躍起，將龐昱揣下馬，掏出繩索來套住他的雙手，周圍的差役僕人見事情不妙，紛紛逃之夭夭了。

張龍、趙虎押解了龐昱直奔開封府。廳堂上包公早已坐定，幾位地方父老、田忠、田起元及被搶掠的

婦女們也依序被傳喚。包公見龐昱被帶上堂來，趕緊吩咐差役將他的鎖卸下，和顏的說：「我與太師本有師生情誼，不巧有此案必須對簿公堂，家兄務必據實說來，大家好有個照應。」龐昱以為包公會懼於太師的威權，草草了結，就如實招認。沒想到他一招認，包公隨即又問：「這些事既已招承，還有項福暗殺之事，是何人差使？」此時，項福也被帶到堂上。龐昱見狀，不由得一怔，項福上前對龐昱說：「侯爺就不必再隱瞞了。」事已至此，龐昱無可奈何，只得承認畫押。接著包公派人請太守蔣完速速到府，又轉頭對龐昱說：「今日所作所為，理應押解至京師，但路途遙遠，恐怕你多受折磨，倘若聖上震怒，必定從重量刑，不如本閣就在此處理，倒是痛快。」龐昱聽了，只好說：「任憑大人作主，犯官怎敢不從？」

包公聽他服從裁決，頓時拉下黑臉，雙眼一瞪，斥喝：「請御刑！」兩邊差役大喊一聲，將龍頭鍘抬到堂上，龐昱這才驚覺事態嚴重，掙扎著胡打亂端，大聲哭喊求饒，但包公執法嚴謹，毫不留情，龐昱當場被龍頭鍘腰斬斃命。項福見龐昱慘狀，自知求饒無益，不禁腿軟跪地，最終也被狗頭鍘了結。此時，先前傳喚太守的僕役回府稟報，蔣完已畏罪上吊身亡。包公

回答：「唉！早知如此，何必當初？一切都是咎由自取。」接著吩咐僕役帶田起元上堂，訓誨一番，說不該放妻子一人上廟燒香，並叫他上觀音庵接妻子。於是請公孫策寫好奏本，另差人稽查戶口放糧賑濟，萬民感恩，歡呼聲不絕於耳。

　　包公因龐昱案審案嚴謹，除弊建功，蒙受仁宗皇帝賞賜，沒多久就加封為首相，公孫策和王、馬、張、趙四位勇士也各自受封。只是沒多久，一日，當包公正審案揣度時，竟毫無徵候跌坐椅上，兩眼發直，只說道：「好血腥的氣味！」就此昏迷不醒。縱使公孫策反覆把脈，只見脈象平和，並無任何病症。眾人個個短嘆長吁，無計可施。

　　而展昭自從在觀音庵與馬漢相別後，獨自一人悠遊大江南北，途中聽到包公拜相之事，決定前往開封府祝賀。這天，來到三寶村不遠處，有間叫做「通真觀」的道士廟，展昭便暫時借住。

　　觀內負責的老道士邢吉恰巧出門拜壇，只剩小道士兩人。當晚，展昭無意間瞥見窗上有人影晃動，一時好奇，放慢腳步，聽見有人說：「你說龐太師打算暗害包公，到底是怎樣？」展昭聽到「包公」兩字，更加屏息凝神，又聽到另一人回答：「你豈不知？我師父

七俠五義

作法向來百發百中，他在龐太師花園中設壇，施法讓包公昏迷不醒，今天已經是第五天了，只要滿七天包公就永遠不會醒來了。到時，龐太師會給賞銀一千兩，我就將它偷出，咱們遠走高飛，豈不快活自在……」展昭聽到這裡，趕緊躍下牆，直奔汴梁城內的太師府。

　　花園內，只見法臺高高搭起，老道士邢吉點燭焚香，垂散著頭髮，正立在上面作法。展昭暗暗步上高臺，在邢吉身後，悄悄抽出劍來……同時，邢吉只覺腦後寒光一閃，急忙將身體閃開，轉身見展昭目光炯炯，殺氣騰騰，邢吉嚇得「啊呀」一聲跌下法臺。展昭舉起利劍猛力劈下，邢吉瞬間身首分離。

　　這時，法臺上有一個小瓶子突然爆裂傾倒，汙血狼藉，展昭見破裂的瓶身裡，有個木頭人，上頭刻了生辰八字，恨恨的說：「真可惡，居然用妖術陷害忠良！」連忙把木頭人從瓶子裡輕輕提出，扯下一塊桌布，將木頭人包好，揣在懷裡。接著拎著邢吉的頭顱，直奔龐太師的書房。

此時龐太師正與左右吹噓自己的計謀，窗戶忽然「喀啷」被打破，丟進來一顆血淋淋的頭顱，龐太師頓時被嚇得跌坐在地，旁邊的家僕也嚇得縮在一處。

展昭見龐太師受驚嚇的模樣，知道龐太師不敢再陷害包公，隨即前往開封府。展昭一到，公孫策與四勇士皆出來迎接，一見面，展昭便著急的問：「包大人身體可好？」公孫策一驚：「大俠怎知包大人目前情況危急？」展昭從懷裡掏出木頭人，並仔細說明來意與事情經過。公孫策仔細端詳著，一看上面刻著包公的名字與生辰，不禁驚呼：「唉呀！這就是狠毒的魘魔法吧？專門利用傀儡偶人，以妖術陷害致人魂魄錯亂或置之死地，難怪包大人好端端的，卻突然昏厥不醒。」

不一會兒，包興從裡面跑出來回報，說包公已經甦醒，還嚷著要喝粥。展昭入內參見，說：「小弟萍蹤不定，聽說包大人拜了相，正想親自參賀，沒想到途經通真觀聽到有人要陷害大人，因此連夜趕來。」展昭又將事情始末述說了一遍，包公這才恍然大悟自己為何突然昏迷，沉睡不醒。隔日，包公向仁宗皇帝稟明事實，又有木頭人作證，人證物證俱在，仁宗皇帝本應治龐太師罪，但皇帝姑念舊人，只是嚴厲斥責，並將他革職留任，同時降旨：「義民展昭，由包拯帶領

七俠五義

48

在<u>耀武樓</u>引薦，考較武功技藝。」

次日清晨，<u>包公</u>乘轎，<u>展昭</u>騎馬，一同入朝面聖。<u>仁宗</u>皇帝見<u>展昭</u>不到三十歲，卻氣宇不凡，舉止合宜，不禁龍心大悅，問了家鄉籍貫後，便命他舞劍。

<u>展昭</u>將寶劍抱在懷中，朝上叩頭。先使出「開門式」，只見<u>展昭</u>迴身快步移動，雙手左右掣開，踩穩弓箭步，手執寶劍往右斜使勁一揮，劍影瞬間在高空螺旋飛竄，光閃閃、冷森森，一縷銀色的劍光，好像在海浪中上下翻騰。一開始，大家身隨劍轉，還可以留神注視招數，到後來竟然身隨劍影，或仰頭或蹲身，令人眼花撩亂，目不暇接，不得不捏把冷汗，文武百官暗暗喝采。

<u>展昭</u>神情淡定，專注施展所習武藝，只見他接連拱背翻轉迴旋數次，倏地蹬地躍升，寶劍凌空高指，銀光片片，揮劈而下，將劍舞完，最後拱臂握劍，如

同環抱一輪明月，以一招「懷中抱月」的架式收住，
依然呼吸平緩、面不改色，眾人屏氣凝神，不敢出聲，
良久，才報以如雷掌聲。

　　仁宗皇帝見了展昭精湛的劍技，龍心大悅，轉頭
對包公說：「真是好劍法！不知他的袖箭功夫如何？該
怎麼試呢？」

　　包公奏曰：「展昭曾說，夜間可以打滅香頭之火；
現在是白晝，只好用比賽射箭的木牌，上面糊上白紙，
聖上隨意用硃砂筆點上三點，試試他的袖箭，聖上覺
得如何？」仁宗皇帝點頭應允。

　　待仁宗皇帝在木牌上欽點了三個紅點後，展昭叫
人在三十步遠處立穩木牌，對著耀武樓遙拜後，起身
瞄準紅點，翻身直奔耀武樓，只見他左手一揚，右手
甩出，木牌上傳來「啪」的一聲。他微微一笑，雙腳
立定，又一揚手，木牌上再應一聲「啪」。此時，展昭
微微屈身，以「臥虎勢」將腰一彎，頸一轉，如同伏
在巨石上，正蓄勢躍起的猛虎，從胳肢窩內，將右手
往外一推，袖箭猛力一刺，將木牌打得迎風亂顫。周
圍響起一陣喝采，只見三枝八寸長的袖箭正不偏不倚
的釘在硃紅點上，最末的一枝還將木牌釘透。

　　待展昭試完二項技藝，包公又奏：「聖上，展昭的

第三項絕技為縱躍法，必須脫去長袍，動作才靈活，就叫他登上對面的高閣，聖上可登樓一望才看得仔細。」仁宗皇帝准奏。

這時展昭已將長袍脫卸，褲腳袖口紮縛妥當，在平地上奔跑，彷彿鷺鷥白鶴低頭屈身，伏俯前進，往前徘徊幾步後，忽然將身子一頓，腰背微彎，「颼」的一聲，猶如雲中飛燕凌空飛翔，早已輕輕落在高閣之上。

仁宗皇帝一看，驚喜異常，嚷著：「眾卿看他一眨眼就上了高閣呢！」

展昭走到高閣柱下，雙手攬柱，身子一飄，兩腿一飛，順著柱子倒爬而上，到了屋梁頂端，就用左手撐住，左腿盤在柱上，身體一挺，右手一揚，背脊高高拱起，懸空將身子往下晃蕩，彷彿在崖邊伸手探進浪濤中，這招叫做「探海勢」。仁宗皇帝連連叫好，接著又見展昭右手輕輕抓住梁頂，滴溜溜的身體一轉——眾人嚇了一跳，紛紛「唉呀！」驚呼，以為他就要不小心掉落，沒想到他卻轉過左手，腳尖蹬定屋頂梁瓦高凸處，挺直了身子使力一翻，眨眼間，已穩穩的站在房頂。

七俠五義

仁宗皇帝觀看到此，讚嘆著：「奇哉！妙哉！這哪

裡是個人？簡直就是朕的『御貓』哪！」展昭聽見，就在房上向聖上叩頭。

　　仁宗皇帝親試三藝後，即封展昭為御前四品帶刀護衛，在開封府供職。因聖上曾開金口說了「御貓」，爾後，人人便稱南俠展昭為「御貓」。展昭受封不久，便向聖上告假兩個月，返鄉祭祖並告慰母親在天之靈。

第七章 湖亭相逢 茶鋪借銀

　　展昭祭祖完畢後，便離開故鄉前往杭州。這日，當他緩步走在斷橋亭上，正徜徉在西湖的明媚風光時，遠遠的，看見堤岸上一名老者撩起衣服，把頭蒙住就跳進水中，展昭慌張大叫：「唉呀！不好了，有人投水啦！」自己又不會游泳，只能在岸上急得跺腳搓手，無計可施。

　　這時，有艘小漁船像箭一樣飛快的趕來，停在老者落水處，一位少年漁郎往水中縱身一跳，彷彿鉛錘沉入水中，雖然有聲音傳出，卻不是咕咚咕咚，展昭知道這人必定精通水勢，不由得凝神注視。

　　沒多久，少年漁郎將老者輕輕托出水面，拉著他緩緩游向岸邊，又將老者的雙腳高高抬起，頭朝下，然後按壓胸腹，使他能慢慢吐出水來。

　　展昭端詳這少年漁郎年紀不過二十，滿臉英氣，相貌不凡，正打算開口詢問少年漁郎的身分時，只見白髮老者又吐出一大口水，濃濁的氣息咕嚕咕嚕在喉

間打轉，然後，「哎喲」一聲，甦醒過來。

「老丈人，您貴姓大名？何苦尋短？」少年漁郎拍拍老者的背，替他順氣，輕聲問道。

老者眼眶一紅，流下淚來：「我叫周增，原本在中天竺開了間茶樓。三年前某個冬夜，正下著大雪，店門口突然倒臥一名男子，落拓潦倒的模樣觸動我的惻隱之心，於是我趕緊叫伙計將他抬入屋內，蓋暖被、餵薑湯，細心照護著。」展昭和少年漁郎不約而同點頭讚許：「周老丈宅心仁厚呀！」

老者繼續說：「這名外地人叫鄭新，父母雙亡，因為家道破落投親不遇，又遇上大風雪，又餓又累才會倒在店前。我看他可憐，就將他留在店中幫忙，他既會寫又會算，看起來殷勤可靠，沒多久就將他招贅為婿。」

「丈人真是有情有意。」展昭點頭說。少年漁郎也附和：「是合情合理。」

「不料，去年女兒過世，鄭新續絃娶了王家姑娘，又趁機整修店面，哄騙我將周家茶樓改為鄭家茶樓。之後，他們反倒認為我是白吃白住，還四處說茶樓早已賣給鄭家。」

「這鄭新可真是忘恩負義啊！」少年漁郎氣呼呼

的說。

「我一氣，告到衙門，哪知鄭新夫婦早就買通官吏，打了我二十大板後，鄭新又將我逐出家門外，不准我靠近店裡。我想著，老來落到如此光景，活得辛苦……乾脆投水自盡，去陰間向他討債。」老者哭訴著。

少年漁郎聽了，不禁嘆口氣：「周老丈，你斷了氣又怎能再找他出氣？」隨即又笑著說：「嘿嘿，不如明天我籌個幾百兩銀子給你，再開間周家茶樓氣氣他，如何？」周增以為少年漁郎在開玩笑，眼一瞪，直呼不可能。

少年漁郎說：「這難不了我的。」

展昭驚訝少年漁郎如此仗義疏財，也想結為好友，順勢幫腔勸說：「周老丈，你若不相信，我可以當個保證人，如何？」周增吶吶不置可否，經少年漁郎一再勸說，才約好明日中午三人在斷橋亭相見。

三人分別後，展昭來到中天竺，問清楚鄭家茶樓方向，直奔茶樓。只見茶鋪裡，櫃堂竹椅上正坐著一名男子，一手搭在櫃檯，一手撥弄著算盤，雖然穿著華麗、頭戴摺巾，不過面色枯瘦，尖嘴縮腮，一雙瞇瞇眼，兩個招風耳，一副短視近利尖酸刻薄的模樣。

57

看見展昭正瞧著他，連忙起身拱手問：「大爺喫茶請上樓，請請請。」

展昭上樓隨意點了茶品，刻意與跑堂的閒聊：「東家姓啥？我聽說此樓以前是姓周的，怎麼變成姓鄭的呢？」跑堂說：「本來確實是周家的，但是後來給了鄭家了。」展昭四下觀望說著：「我又聽說，周、鄭兩家還是親戚呢！」跑堂的解釋著：「大爺還不知道呀？他們本是翁婿，只是周家的姑娘過世了，現在又續娶了。」展昭接口問：「續絃娶的可是王家姑娘？我猜應該是姑娘不好，要不怎麼害人家翁婿打官司呢！」跑堂的聽到此就默不作聲。展昭再問：「坐在櫃檯前的可是你們東家？」跑堂答：「正是、正是！」見他一再詢問，心中納悶，不敢再多話，趕緊去泡茶。

七俠五義

不一會兒，來了一名衣著鮮豔的武生，跑堂趕緊上前招呼，哪知武生也問了展昭剛剛問過的一連串問題。

坐在一旁的展昭，聽聲音頗熟悉，抬頭一看，這武生正是少年漁郎，兩人目光接觸，相視一笑。那武生忽然起立，向展昭拱手：「仁兄請了。」展昭連忙放下茶杯回應：「兄臺若不嫌棄，何不屈駕這邊一敘？」武生起身過來，彼此一揖。

武生問明展昭姓氏家鄉後，連忙說：「莫非就是新陞四品帶刀護衛，人稱南俠的展大俠？」展昭客氣一番，回問武生姓氏家鄉。武生回答：「小弟是松江府茉花村丁兆蕙。」

展昭驚呼：「莫非大兄為丁兆蘭，人稱『雙

俠』中的丁二官人？」丁兆蕙呵呵一笑：「慚愧慚愧，小名何足掛齒。」展昭欣喜的說：「久仰賢昆仲美名，幾度想前往拜會，沒想到能在此相逢，真是萬幸。」兩人招手請跑堂的換來美酒，展昭一邊斟酒，一邊細數近日遊歷大江南北的風光美景。兩人暢飲歡敘，其樂融融。

丁兆蕙提到自己原是奉母命來靈隱寺進香，到西湖畔目睹名山名泉，漁郎三三兩兩逍遙湖上，一時技癢就扮成漁郎，原為消遣作樂，無意中卻救了周增。沒多久，有小童上樓傳話，大官人請二官人早些回去。

展昭見丁兆蕙有事，要他請便無妨，丁兆蕙不好意思的說：「請容小弟先告辭，展兄別忘了明日中午斷橋亭之約啊！」

當晚，展昭佩了寶劍，悄悄從鄭家後樓潛入，鄭新正忙著用天平秤銀子，不斷發出「唧叮咕咚」銀子碰撞的聲響，展昭從窗邊窺探，確認拿銀子的正是白天坐在竹椅上的男子。桌上堆著八封銀兩，都用錫紙包妥，鄭新一邊扳開旁邊的假門將銀子放入，一邊與王氏說著話。

一會兒，丫鬟喘噓噓跑來，嚇得結結巴巴的說：「不得了……樓下有火球兒亂飛……」夫婦倆連忙端

著燭臺要下去瞧瞧。

　　展昭看準時機，滿心歡喜，正想撬開窗戶，忽然看到燈光一晃，一個身影一閃而過進入房內，竟是那名救了周老丈人的漁郎。展昭心裡暗笑：「難道丁兆蕙也是到這兒來借銀兩的？」正思索要如何告訴丁兆蕙銀兩藏匿之處時，只見丁兆蕙直奔邊壁櫃的假門，將手一按，門就開了。他一封封取出，連拿九封揣在懷裡，突然間，屋外腳步聲混雜著說話聲一陣亂響，原來是鄭新夫婦與丫鬟正上樓來，他倆連連抱怨丫鬟大驚小怪的。

　　展昭在窗外眼看丁兆蕙就要被發現，暗自心急，忽然眼前一黑，聽見鄭新「哎喲」一聲，說：「怎麼樓上燈也滅了？」於是要丫鬟去取燈。

　　展昭聽得一清二楚，心想：「丁兆蕙真是機靈呀！趁著滅燈，他就可以順勢走了。銀子既然到手，我也走吧！」展昭跳下樓，蹬上牆角，一個翻身，落到牆外，悄悄回到住處。

　　在樓上的鄭新夫婦等到丫鬟取了燈來，發現放銀子的壁櫃門卻是開著，鄭新衝向前，伸頭探看壁櫃，剛才的八封及舊有的一封銀子早已不翼而飛，氣得急嚷：「有賊呀！快抓賊呀！」然而偷錢的人早就走得老

遠，哪有影子？鄭新夫婦氣得直踩腳，只能苦著臉，齊聲哀嘆。

隔天中午展昭到涼亭，周增已等待多時。沒多久，丁兆蕙帶著僕役匆匆趕來。

展昭笑著對周增說：「您瞧，送銀子的來囉！」

丁兆蕙將銀兩交給周增，詢問可有適合的地點與幫手。

周增回答：「有的，就在鄭家茶樓前不遠處，原本有座書樓，後來老友託付我幫他買賣，現在正好派上用場。我還有個外甥也可以幫忙。」

丁兆蕙說：「看來，這間茶樓是開定了。」於是叫小童打開包袱點交，總共是四百二十兩。

丁兆蕙看周增歡喜的模樣，又叮囑：「若有人問你銀子從哪來，就說住在松江府茉花村，鎮守雄關總兵之子丁兆蕙給的。」

展昭也說：「周老丈，若有人問保人，就說是常州府武進縣遇杰村展昭作保。」

周增千恩萬謝，跪倒磕頭，兩人攙扶他起身，丁兆蕙順口提醒：「茶樓開張後，可千萬不要粗心改了字號囉！」

周增趕緊搖搖頭，連忙說：「再也不改了。」語

畢，向兩人一再稱謝，這才歡天喜地的離開。

　　兩人目送周增離去後，丁兆蕙說：「昨日家兄差遣家僕來喚小弟，小弟請人帶口信稟報家兄，說巧遇展大俠，家兄向來渴慕能一見展大俠，敦請展兄到敝莊盤桓數日，不知可否賞光？」展昭原本就與丁兆蕙意氣相投，且還在告假期間，於是欣然前往。

　　兩人登上扁舟，閒談間又提到周增之事，展昭故意問起銀兩的來歷，丁兆蕙回答這些錢原是替母親買辦東西要用的。展昭又問：「如今將銀兩贈與周老丈，如何買辦？」

　　丁兆蕙回答：「小弟雖然不才，但還借得出來。」

　　展昭笑回：「是啊，若借不出來，只要將燈吹滅，便可借出。」丁兆蕙一怔，不解展昭何出此言，展昭於是將昨晚在鄭新茶館裡看到的事說明，說完，兩人相視，拍掌大笑。

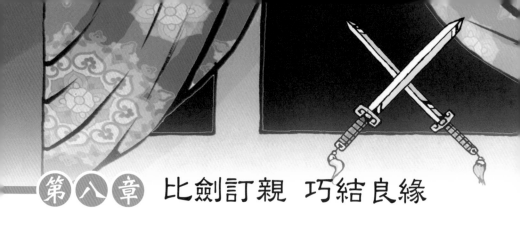

第八章　比劍訂親　巧結良緣

　　丁兆蕙與展昭遙望著煙波盪漾的水面，說說笑笑，不知不覺間，輕舟已經靠岸，兩人登岸慢慢而行。走過樹林，又是一片青石魚鱗路，丁家莊園廣闊巍峨，展昭遠遠的就看見一名與丁兆蕙面貌相仿的少年，暗自猜想必是丁兆蘭，兩人是同胞雙生，看似一模一樣。丁兆蘭終於見到展昭，欣喜歡樂溢於言表，快步向前與展昭攜手往莊內走去。剛進門，展昭便將腰間的寶劍摘下，遞給僕人，三人到待客廳。展昭正準備向丁府的太君夫人請安，只見丁兆蕙起身說：「展兄暫且請坐，小弟必替大哥在家母面前稟明。」說罷進屋許久，方才出來對展昭說：「家母叫小弟先與展兄問好，待會兒還要見見您。」展昭連忙起身，恭敬答應。

　　三人在大廳烹茗獻茶，彼此暢談。丁兆蕙聽說展昭救了包公數次，央求他講述經過，展昭就將金龍寺遇惡僧、土龍崗遇劫、天昌鎮捉拿刺客，以及龐太師花園破除邪魔之事，滔滔不絕說了一回。

丁兆蕙又問起耀武樓三試絕技、敕賜御貓的事，展昭微微領首，不免謙虛，推說是自己配著上好寶劍，方能舞劍順遂，加上聖上開恩賞賜才獲此殊榮。丁兆蕙趁機求見寶劍，展昭應允，命僕人取來寶劍。丁兆蕙接過寶劍，按住劍鞘，輕輕將劍抽出，隱約聽見如遠方傳來的鐘磬回音，丁家兄弟不禁睜大雙眼，連連讚嘆：「真是好劍，不知此劍何名？」

展昭撫劍微笑，想藉機了解丁家兄弟對寶劍的見識，故意說：「此劍是先父留下，雖說是稀世珍寶，我佩帶著卻不知何名，正要向賢弟領教。」

丁兆蕙近前端詳一陣，說：「嗯，此劍刃長三尺有三，柄長七寸，刃寬五寸，重約五斤，揮動時劍氣縱橫，鋒利無比，砍銅破鐵如切豆腐一般，在我看來，應該是世代相傳的名劍『巨闕』吧！」展昭點頭說：「賢弟既然說是『巨闕』，想必就是『巨闕』了！」心裡則暗自讚嘆他的好眼力，不愧是將門之子。

丁兆蕙又要求展昭舞劍，展昭再三推辭，丁兆蘭在旁也興致勃勃的說：「二弟別急，就先讓展大哥喝杯酒助助興也不遲。」隨即吩咐僕人備酒。

展昭見二人興致高昂，再推辭就小家子氣，只得起身整理袍襟衣袖，說：「愚兄劍法疏略之處，還請二

位賢弟指教。」語畢緩緩步出大廳，舞起劍來。丁兆蘭在旁恭恭敬敬，留神觀看，丁兆蕙卻倚著廳柱，東張西望若有心事，見舞到精妙處才隨著拍手稱好。

展昭舞劍完畢，丁兆蘭連聲叫好。丁兆蕙卻湊過來，似乎別有深意的說：「大哥劍法確實精妙，可惜這劍用來有些吃力，小弟倒是有一劍，包管合用。」隨後喚小童，低聲吩咐幾句。

丁兆蘭將展昭請進廳堂，桌前已擺滿美酒菜餚。當他正為展昭斟酒時，就有小童捧劍前來。丁兆蕙接過劍，「嚕愣」抽出劍，遞給展昭，說：「大哥請看，此劍也是先父遺留，小弟也不知是何名？請大哥觀看。」展昭心裡暗忖：「二弟也太淘氣！以牙還牙，馬上就來刁難我啦！」

展昭彈了彈，掂了掂劍，只見劍光耀眼銳利，彷彿輕輕揮動，便能使巨石霎時轟然裂開，讚嘆的說：「果然是好劍！不知是否就是傳說的名劍『湛盧』？」丁兆蕙點頭稱是，又央求展昭用湛盧劍舞一回。

展昭隨即又舞了一回，丁兆蕙近前問：「大哥舞這劍吃力嗎？」

展昭心裡頗不是滋味，回說：「這把劍，可比我的輕多了！」

　　沒想到丁兆蕙高聲說：「哎呀！大哥可別這麼說，輕視劍就是輕視人，這劍的主人你可惹不起呢！」

　　這話激怒了展昭，丟下一句：「管他是誰的，難道我會怕他嗎？」

　　丁兆蕙挑眉笑回：「這劍是小妹月華的。」展昭一聽，自知被挑撥失言，瞅了丁兆蕙一眼。丁兆蘭見狀趕緊又遞酒過來。

　　不久，丫鬟出來說：「太君來了。」展昭連忙起身參拜，丁母回禮坐下，上下細細打量，見展昭一表人才，英氣勃發，頓時覺得滿心歡喜，便以賢姪相稱。原來這是丁兆蕙方才在屋內和丁母商量的暗號──以

選婿角度來看，如果太君看了滿意，就稱賢姪；若不滿意，就以貴客稱呼。

這時，丁兆蕙悄悄來到妹妹的繡房。丁月華正在弄針黹，見丁兆蕙進來，問說：「二哥，前廳有客人，怎麼自己就進來呢？」丁兆蕙佯稱：「妹子怎知？」丁月華回：「方才小童來取劍，說是要領教，我才知曉。」丁兆蕙故意挑釁：「別再提劍了！這位客人姓展名昭，人稱南俠，人品雖好、武藝也精湛，但未免也太高傲，竟將咱們的湛盧劍貶得不成樣子。我告訴他是妹子的，他竟鼻孔一哼，笑說：『一個女孩子家哪有什麼本領？』」丁月華聽到此話氣得滿臉漲紅，憤憤放下針黹。

丁兆蕙見計謀得逞，繼續說：「我跟他說『將門豈無虎女』，沒想到他卻說：『未必有真本領呢！』妹子，妳有沒有膽量跟他較量一下？若沒膽量，就隨他耍威風囉！現在太君也在廳堂上，我來跟妹子通報一聲。」

只見丁月華怒容滿面：「二哥先請，我隨後就到。」丁兆蕙趕緊回到廳堂，在太君耳邊悄悄說了幾句話。

一會兒，丁月華來到前廳，展昭看見她一身繡花小襖，繫著素面的綾羅百褶大裙，罩著玉色的綾帕，

顯得嫵媚娉婷，雖然莊靜秀美，卻是杏眼圓睜，一臉怒氣。展昭心裡納悶：「世代功勳將門，家風怎會如此？」

丁兆蕙趁勢撥弄：「展大哥，都是你批評人家的劍，現在人家要來理論啦！」展昭說：「豈有此理！」

丁兆蕙趕緊走到妹妹身旁，低聲說：「妹妹，展大哥要與妳較量呢！」

丁月華點頭答應，隨即抽出寶劍站在東邊，展昭無可奈何，只得捧起劍，站在西邊。兩人舉著寶劍，各自拉開架式。

兩人較量多時，仍不分勝負，展昭原本虛應招式，看丁月華武藝不凡，不禁暗暗誇獎。忽然間，展昭高舉巨闕，以「垂花勢」招式，將劍斜斜朝丁月華遞進又抽回，隨即從劍尖落下一物。同時，丁月華也輕巧將劍側身劃過展昭，這招「風吹敗絮式」，逼得展昭連忙低頭躲過劍影，不料丁月華又使出「推窗撐月式」，使劍往前一推，將展昭的頭巾削落。展昭一伏身，跳出圈外，連喊：「我輸了！我輸了！」

丁兆蕙撿起頭巾，撣去塵土，丁兆蘭過來撿起剛才掉落的東西，一看竟是丁月華的耳環，就說：「是小妹輸了，可別見怪呀！」

展昭挽整頭巾，連連稱讚：「月華小姐好劍法呀！」丁月華臉一紅，將劍丟給丁兆蕙，隨即告退回後院。

這時，太君對展昭說：「月華是我的姪女，兄嫂過世後，我就將她視如親生女兒，這幾年常在思慮月華的終身大事。常聽人稱道展賢姪武藝人品，早想聯姻，今日賢姪大駕光臨，可說是前世注定的美滿姻緣。因此趁機誘月華和賢姪比劍，讓彼此會一會面，並非我世胄人家毫無規範哪！」

丁兆蕙也解釋剛才用計謊騙兩人，乞請原諒。展昭這才明白，心想這巨闕、湛盧本就是夫妻名劍，或許是姻緣早已注定，便慨然應允，正式拜見丁母。丁母呵呵笑道：「既是如此，賢婿與月華就先交換湛盧、巨闕，作為訂親信物吧！」

於是眾人重新入座，推杯換盞，好不親熱。廳堂裡，展昭撫劍微頷，遠處光燦暈影，映襯著眾人盈盈笑意。

第九章 初識五鼠 內苑題字

　　比劍訂親次日一早，展昭與兆蘭、兆蕙來到丁家莊後方的山頂樓臺，遠眺江面船隻帆影點點，絡繹不絕，正把酒言歡時，幾位漁人匆匆跑來嚷嚷：「蕩南的人又來搶魚了！」

　　展昭滿臉狐疑，丁兆蕙稍加說明：「松江的漁船以蘆花蕩為分界，蕩南有個陷空島，島內的盧家莊園可說是當地巨富。莊主盧方為人和睦，又有爬桿的專長，綽號鑽天鼠。他結交了四位朋友，成了『五義』：老大就是盧方；老二名叫韓彰，是軍旅出身，會做地溝地雷，綽號徹地鼠；老三是山西人，名叫徐慶，鐵匠出身，能夠從山裡鑽出十八孔，綽號叫做穿山鼠；老四身材瘦小，像是屠弱的病夫，為人則是機伶敏捷，智謀甚高，原是大客商出身，姓蔣名平，字澤長，可以在水中久留，能在水中張目視物，綽號翻江鼠；年紀最輕的老五，長得俊美挺拔，氣宇昂揚，做事果決明快，對人則愛恨分明，原本是位武生員，可說是文武

雙全，姓白名玉堂，綽號錦毛鼠。」展昭一聽白玉堂，連忙說：「此人我認得！」於是將苗家集的事述說一次。

眾人直奔蘆花蕩邊，遠處大船上的人，正橫眉豎目，手托七股魚叉，準備廝殺的模樣。

丁兆蘭開口：「我們早有規矩，以蘆花蕩為交界，你怎擅自……」

話還沒說完，那人嚷嚷：「什麼交界不交界，今日我鄧彪才不管，你們那邊魚多，今天借用。」

丁兆蘭才要拔劍，鄧彪卻「哎喲」一聲跌落水裡，原來丁兆蕙見他出言不遜，隨手用彈丸將他打落。

展昭瞧他眉頭腫起大紫泡，便問：「既然被擒，還叫嚷什麼？我問你，你家五爺是不是姓白？」

「姓白又怎樣？他已經到東京，說要去找什麼御貓的。」展昭聽了心裡一震：此人為何無故找我？

就在此時只聽遠處傳來叫嚷聲：「丁家賢弟呀！看在我盧方面子上，恕我失察，我願認罰啊！」一艘小船飛快駛來，展昭仔細端詳，只見他臉色微紫，面容光潤，一臉鬍鬚長而細密，身材魁梧，儀表不凡的模樣。

盧方道：「鄧彪是新收的頭目，不遵守約束，實在

是我失職。」

丁兆蘭說：「既然如此，是個無心之過。」

盧方將鄧彪撤職究辦，歸還漁獲，雙方才握手道別。展昭因心裡惦掛著白玉堂的事，沒多久，也向丁氏雙俠辭別，匆匆趕往東京。

展昭從茉花村一趕回開封府，即刻將白玉堂來京城的事稟告包公，並與眾人討論白玉堂進京找「御貓」的因應對策。

公孫策猛然領悟，說：「這人來找展兄，必定是想要與展兄較量的。」

「我與他無冤無仇，他為何要與我較量？」展昭一臉疑惑。

公孫策笑笑說：「展兄想想，他們五人號稱『五鼠』，你卻號稱『御貓』；哪有貓兒不捕鼠的道理？這根本就是不滿大哥『御貓』的稱號。」

展昭回答：「但這『御貓』封號是聖上所賜，他若真為此事而來，我甘拜下風，從此不叫『御貓』有何不可？」

這時，趙虎拿起酒杯，站起來說：「大哥『御貓』的稱號是聖上所賜，怎麼能改？那個什麼『白糖』若真的來，我就燒一壺開水，把他沖來喝……」話還沒

七俠五義

說完，突然有一物從窗外疾射而入，速度之快，讓趙虎還來不及反應，手上酒杯已被打個粉碎，眾人嚇得一怔，回神後才趕緊朝四周察看。

展昭連忙將門虛掩，把燈吹滅，悄悄將寶劍拿在手上，一面假裝要推開槅扇，此時又有一物「啪」的打在槅扇上。展昭這才趕緊將槅扇推開，身體低伏著竄出去，只覺得一股寒風迎面而來，「颼」的就砍來一刀。展昭用劍架著刀，朝上頂開，兩人一來一往，刀劍撞擊聲叮叮噹噹。星光下，展昭見這人穿著夜行物，手腳伶俐，似乎是苗家集遇見的白玉堂。

展昭一開始只是防守，但是看他一刀一刀緊逼著，手法精準，心想：「這位朋友真不知進退，難道我還怕你不成？」於是把劍一橫，單足挺立，雙臂高聳如鶴展翅，等刀子逼近，弓箭步往前蹬，一屈膝，長劍凌空直刺，使出「鶴唳長空」招式，猛力一削，「哧」的一聲，對方的刀已經被削成兩段。

沒了武器，對方縱身跳上牆頭，展昭也跟著躍上；對方跳下耳房，展昭也緊跟在後；沒想到那人又跳上大堂的房上，當展昭趕過去時，那人已伏身越過屋脊，展昭恐怕對方再使用暗器，緩緩退後幾步，才剛要越過屋脊，就瞄見眼前掠過一道光，頭一低，雖沒被打

中，頭巾卻被打落，只聽那「咕咚咕咚」滾落的聲音，才知原來是顆小石子。

展昭趕到屋脊後探頭一看，那人早已消失蹤影。這夜之後，再也沒有其他動靜，眾人都格外謹慎，不敢輕忽怠慢。

白玉堂自從與展昭過招後，暗暗思索：「姓展的本領果然不差，尤其身形步法和苗家集遇到的夜行人極為相似，莫非就是他？聖上只知他的武藝如同御貓，卻無緣見識我錦毛鼠的本領。既然來到東京，我何不乾脆到皇宮走走？一來可以施展功夫，讓聖上知道我白玉堂；二來我可以用計引誘展昭到陷空島，好好奚落他一番，讓他瞧瞧到底是貓兒捕了耗子，還是耗子咬了貓。」當下心一橫，白玉堂也不管什麼紀律了。

此時在皇宮內苑的萬壽山，有個總管郭安因叔叔郭槐遭誅除，而深恨都堂陳琳。一日深夜，白玉堂潛入皇宮內苑，正巧聽見有人在低聲說話：「他害死我叔叔，此仇不報，豈不被說笑？你方才說，聖上賞了都堂一盒人參，可說是天賜良機，你若幫我辦成了，我就認你為義子，你認為如何？」

另一細柔的聲音回答：「您老人家若不嫌棄，兒子給爹爹叩頭。」

七俠五義

白玉堂定睛瞧瞧，總管<u>郭安</u>面前，是個十五六歲的小太監<u>何常喜</u>。

接著傳來<u>郭安</u>一陣笑聲，回答道：「真是好孩子呀！這事千萬不能洩漏。」

「那當然！」

「我這裡有個漫毒散的方子，服了這藥，<u>陳琳</u>若再吃聖上賞賜的人參，包管七天後就會喪命。另外有個『轉心壺』，改天你幫都堂斟酒時，就用得著。如果請吃酒用兩壺斟酒，將來追究必起疑酒裡有毒，這還得了？」白玉堂聞言，也很好奇何謂「轉心壺」，便在窗外定睛瞧著。

只見總管<u>郭安</u>拿著一把略為粗大的壺，壺底有兩個窟窿。他一邊打開蓋子，一邊說著：「這壺裡和壺嘴都有一層隔膜，可以分別裝酒或茶，只要先托住壺底，要斟左邊的，就將右邊的窟窿堵住；若要斟右邊的，就將左邊的窟窿堵住。」

小太監笑著說：「這可真神奇呢！」

「我寫個帖子邀都堂<u>陳琳</u>明晚來賞月，你幫我送過去，到時

候再施此計。」小太監點頭稱是。

　　小太監拿著帖子，才剛過<u>太湖</u>石畔，忽然就有鋼刀架在脖子上，低聲斥喝：「你若敢吭一聲，我就一刀砍死你，現在先將你綑好，放在柳樹下，明天有人將你交給三法司或<u>開封府</u>時，你就誠實說明，若敢隱瞞，明晚必定殺了你。」說完，將一團棉絮塞進他嘴裡。

　　<u>郭安</u>在屋裡呆等小太監回報，忽然遠遠聽見腳步聲，頭也不回的問：「你可回來啦？」外面傳來：「是我來啦！」<u>郭安</u>一抬頭，只見一把亮晃晃鋼刀，嚇得嚷了一聲：「有賊！」瞬間刀已落下，登時一命歸西。外面打更的太監聽見聲音急忙趕來，看見<u>郭安</u>已被殺死在地，高聲大喊：「快來人呀！<u>郭</u>總管被殺了！」太監不敢耽延，立即稟報都堂。

　　<u>陳琳</u>立即派人來查驗，在柳樹下發現了被綁的<u>何常喜</u>。小太監不敢講方才的計謀，只提到：「綁我的人曾說，叫我到三法司或<u>開封府</u>才可明說，要是隱瞞，他明晚就會來取我首級。」

　　隔日，<u>陳琳</u>將<u>萬壽山</u>總管<u>郭安</u>不知何故被何人殺害，小太監<u>何常喜</u>被縛等事情稟明聖上。仁宗皇帝很詫異：「在朕的內苑竟然有人敢行凶？膽子可不小，先將<u>何常喜</u>給開封府審問吧！」接著又說：「今日正好是

七俠五義

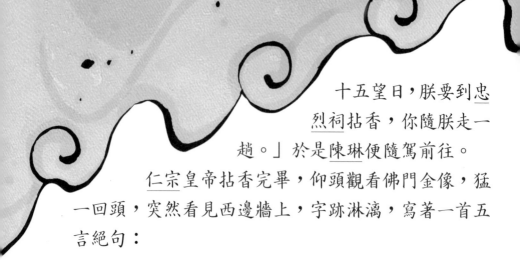

十五望日，朕要到<u>忠
烈祠</u>拈香，你隨朕走一
趟。」於是<u>陳琳</u>便隨駕前往。

　　<u>仁宗</u>皇帝拈香完畢，仰頭觀看佛門金像，猛
一回頭，突然看見西邊牆上，字跡淋漓，寫著一首五
言絕句：

　　　　忠烈保君王，哀哉杖下亡。芳名垂不朽，博得
　　　　一爐香。

　　<u>仁宗</u>皇帝問：「此詩是誰寫的？」

　　管祠堂的太監看<u>仁宗</u>皇帝仰頭時，才察覺牆上的
題字，嚇得兩腿發軟：「奴才實在不知，怎有這些
字？」

　　<u>仁宗</u>皇帝沉思一會兒，說：「都堂，你瞧題詩的地
方這麼高，除非本領高強的人，否則無法辦到，朕猜
想題詩的人就是殺人者；殺人者就是題詩的人，速傳
令<u>包</u>卿來見朕。」

　　<u>包</u>公一接獲聖旨，即刻參見聖駕，<u>仁宗</u>皇帝便將
題詩殺命的緣由敘述一番。<u>包</u>公接旨後，立即升堂審

七俠五義

問。何常喜將總管郭安企圖謀害
都堂陳琳的經過，以及轉心壺倒茶水
之事據實稟報，不敢有任何欺瞞，還將細
綁他的人是何種外型、相貌、衣服和說話聲音詳細描
述。包公聽了轉回書房，請展昭、公孫策共同商議，
眾人認為此人必是白玉堂。

　　包公將審問何常喜事由，一一稟明仁宗皇帝。仁
宗皇帝非常歡喜，稱讚：「這人行為雖然暗昧，卻能秉
公除邪，包卿須仔細查訪，務必將他拿住，朕要親自
看看。」

第十章 金殿試藝 三義封官

陷空島盧家莊的盧方，自從白玉堂上京後，就每天焦急等待，但是白玉堂兩個月來毫無音信，儘管和韓彰、徐慶、蔣平四人反覆商討對策，生性敦厚的盧方還是放心不下，寢食難安。於是，韓彰、徐慶和蔣平三人決定前往東京尋找。

數月過去，盧方仍苦無眾弟兄消息，也親自查尋。不巧經過花神廟，見惡棍擄劫民女，遂行俠仗義濟弱扶傾。雙方打鬥中有人誤傷喪命，盧方被押解到開封府。在府中，展昭與包公已從各方得知詳情，盧方遂得以洗刷冤情，無罪釋放。

沒多久，韓彰、徐慶、蔣平和白玉堂陸續尋見。白玉堂在內苑和忠烈祠犯下多起事端，加上蔣平、韓彰兄弟倆因細故生嫌隙，蔣平又趁韓彰不注意誆走了兩顆救命丸藥，加深了彼此誤會，最後導致韓、白二人憤而離去，留下三人投靠開封府。盧方道：「為報答包公知遇之恩，若聖上問起，且將吾等三人奏知聖上，

一來安聖心，再者，盧某督管不周，理當請罪。」

這一天，仁宗皇帝問包公，白玉堂的事情是否有進一步消息，包公奏道：「那人雖然尚未逮捕，但是與他同夥的三人因為白玉堂在京裡犯下多起大案，已經自行請罪，他們是陷空島盧家莊的『五鼠』。」聖上問：「為什麼叫五鼠？」包公回答：「那是他們的綽號。他們五個人結拜為兄弟，老大是盤桅鼠盧方，老二是徹地鼠韓彰，老三是穿山鼠徐慶，老四是混江鼠蔣平，老五是錦毛鼠白玉堂。現在只有韓彰、白玉堂尚不知去向，其他三位都在臣衙中。」

聖上說：「既然如此，卿明天將他們帶進朝內，朕要在壽山福海審問他們。」

包公暗忖：「想必聖上是要見識三鼠的本領，故意以御審為名吧！若真要御審，何必單在壽山福海呢？」

包公回開封府後，就將消息告訴盧方三兄弟，還特別叮嚀，為了避諱仁宗皇帝，只得將鑽天鼠、翻江鼠改說成盤桅鼠和混江鼠。第二天，盧方等三人早早披上罪裙罪衣，跟著包公入朝；展昭、公孫策也隨行。一路上，盧方低頭不語，蔣平也默默無言，只有徐慶東張西望，問東問西，沒有一刻安靜。

三人被帶到壽山福海，只見宮殿樓閣，金碧輝煌，

殿前紅色臺階上，文武百官威嚴並列。一會兒，鐘磬聲音嘹亮響起，一對對提爐，在前引導仁宗皇帝升上寶殿，周圍寂靜肅穆。

　　仁宗皇帝傳旨宣包公入殿後，問了幾句話，就出來了。接著，親信太監陳琳就來傳喚：「皇上有旨，帶盧方、徐慶、蔣平。」御前侍衛立刻將三人架上胳膊，步上殿前臺階，接著，侍衛將他們一按，輕聲道：「跪下。」三人立即低頭下跪。

　　仁宗皇帝叫盧方抬起頭，端詳一會兒，點點頭，問道：「你們住在什麼地方？平時都做些什麼？」盧方據實回答。

仁宗皇帝又問：「為何到開封府投案？」

盧方連忙叩頭解釋：「罪民因為五弟白玉堂年幼無知，闖下滔天大禍，全是罪民平日疏於管勸所致，所以特來懇請治罪。」

仁宗皇帝見他甘心為白玉堂認罪，真不愧結盟義氣，非常高興。忽然看見忠烈祠上的黃旗被風颳得刺刺作響，兩邊的飄帶纏繞在旗桿，裹住滑車，便問：「盧方，你為何叫盤桅鼠？」

盧方奏曰：「因為以前罪民船上的篷索斷了，罪民曾經爬上桅桿，將繩索接好，因此得了這個綽號。」

「你看那旗桿的飄帶纏繞在一起，你能上去解開嗎？」仁宗皇帝問。

盧方跪著轉頭一看旗桿，回奏：「罪民可以盡力試試。」

陳琳將盧方帶下殿前臺階，脫去罪衣罪裙，來到旗桿下，盧方挽起袖子，將身子一縱，蹲在夾桿石上，用手扶住旗桿，兩膝一拳，好像猿猴般矯捷，一眨眼的功夫，就爬上掛旗的地方，只見他先解開纏繞的飄

85

帶，用腿盤了旗桿，身子一探，滑車上的飄帶也脫落，聖上和群臣看得目瞪口呆，不覺大聲喝采。

這時，盧方伸開一條腿，只用單腿盤住旗桿，將身體拉平，手一伸，又在黃旗旁添了一面順風旗。忽然，又使出「撥雲探月」招式，像撥開雲霧，將左手一甩，再輕巧攬住，彷彿抱住明月，這時，另一條腿也瞬間離了旗桿，大家都嚇了一跳，仔細一瞧，他又用左手挽住旗桿，身子凌空飛起，繞著旗桿，迅速旋轉，這一招「鳳凰單展翅」讓所有的人都連聲叫好。

猛然間，只看他頭一低，滴溜溜順著旗桿滑下來，好像失手一般，大家嚇得捏了一把冷汗，他卻從夾桿石上輕巧的跳下來。

仁宗皇帝笑著說：「真不愧『盤桅』二字。」

接著，仁宗皇帝問徐慶為何叫穿山鼠。

徐慶回答：「因罪民在陷空島連鑽十八洞，所以眾人叫罪民穿山鼠。」

仁宗皇帝問：「朕這萬壽山也有山洞，你鑽得過嗎？」

徐慶說：「只要是通的，就鑽得過去。」

陳琳將徐慶帶到萬壽山下，脫去罪服，還特別囑咐：「只要鑽過山洞就出來了，不要耽擱太久。」

徐慶滿口答應，哪知他到半山之間，看見一個山洞，往窟窿一鑽，足足兩盞茶的時間，還沒看見人影。大家正著急的時候，忽然聽見南山有聲音：「唔，我鑽到這裡了。」一會兒又不見蹤影。

陳琳急得不得了，又等了一陣子，才看見徐慶從另一個山洞鑽出來，渾身青苔，滿頭塵垢。仁宗皇帝看了連連誇獎。

最後輪到混江鼠蔣平。仁宗皇帝見他面黃肌瘦、身材矮小像個病人，很不以為然，勉為其難問他：「既然你叫混江鼠，想必通曉水性吧？」

蔣平道：「罪民頗識水性，在水中能張目視物，住宿整個月。」

聖上聽他說「頗識水性」，高興得叫人立即備船，還叫陳琳將金蟾帶來。不久，陳琳取來一個金漆木桶，裡面有一隻三腳金蟾，寬有三寸，長五寸，兩個眼睛像琥珀一樣明亮，一張大嘴紅得像胭脂，碧綠的身子，雪白的肚子，渾身布滿金色小點，是難得一見的寶物。

仁宗皇帝命陳琳帶著蔣平上了小船，另一太監提著木桶，與眾臣跟著聖上登上了大船。陳琳擔心蔣平無法捉到金蟾，悄悄的說：「這金蟾是聖上心愛的寵物，你如果無法捉，要趁早跟我說，免得擔當不起。」

蔣平笑著請他放心，向他借了一件水靠。這時，大船上有人嚷著：「蔣平，注意啦！要將金蟾倒入海中了！」只見皇帝船上的太監將木桶蓋打開，連蟾帶水倒入海中。金蟾在水中一晃就不見了。蔣平這時也縱身躍入水中，過了好久，水中仍沒有任何動靜。

　　仁宗皇帝暗暗擔心：「看他如此瘦弱，怎能在水中待這麼久？只怕他捉不到金蟾，畏罪溺死了。」忽然水中揚起波紋，從中露出個人，原來是蔣平，在水中跪著，兩手上下合攏，將手一張，只聽金蟾在掌中呱呱叫個不停。

　　仁宗皇帝龍心大悅，說：「真不愧是混江鼠啊！」這時，太監已經將木桶注入新水端過來，蔣平將金蟾放入桶中，恭恭敬敬向上叩了三個頭。

　　仁宗皇帝看過三個人的絕技後，非常高興，立即傳旨封他們三人為六品校尉，在開封府聽候差遣。又命包公不論花多少時間，一定要找到白玉堂、韓彰兩人的下落。

第十一章　探陷空島　御貓輕敵

　　正當包公派人四下尋訪白玉堂、韓彰下落時，又在審案中聽得韓彰解救開封府江樊、黃茂兩公差，破符祥縣寶珠寺案，接著義救竇老父女，諸多義行，令他心中暗暗稱許。

　　這天夜裡，包公在書房批閱公文時，忽然聽見院裡「啪」一聲，似乎有什麼東西落下。包興連忙出去查看，從地上撿起一個紙包，上面寫著「急速拆閱」四字。包公拆開一看，裡面包個小石子，還有一張紙條寫著：

　　　　今日特來借三寶，暫時帶回陷空島，南俠若到盧家莊，管叫御貓跑不了。

　　包公請人找來展昭商討。展昭看了紙條，連忙問：「大人可曾派人去查看三寶？」
　　包公回答：「剛才已叫包興去查看。」

展昭大嘆：「大人中了他『投石問路』之計了！這人本來不知三寶在哪裡，故意寫這字條，如今您派人去查看，就如同幫他領路，這三寶必失無疑。」才剛說完，忽然傳來一陣喧嘩聲，原來是西側廂房失火。

展昭趕到時，遠處有人嚷嚷說房上有人，他立刻放出一枝袖箭，卻只聽到「噗咚」一聲，展昭道：「唉呀，中計了！」一眼看見包興正張羅救火，急忙問：「現在三寶如何？」包興回說，方才看了絲毫不動。展昭道：「你再去看看。」隔一會兒，包興氣喘吁吁的跑回來說：「三寶真的不見了！」

展昭跳上屋頂，盧方、蔣平和徐慶，連同王、馬、張、趙也四處尋找，並沒發現任何蹤影。剛剛袖箭射中的，竟然只是個吹了氣膨起來的皮製人偶，被箭射破，已癱在屋瓦上。徐慶恨恨地說：「這是老五的。」

展昭默不作聲，盧方站在旁邊，難堪萬分，心想：「五弟也太狠了，明知道我們正在開封府，卻來盜三寶，叫我們如何面對包大人？怎麼對得起大家？」眾人同至書房回稟包公，一一認罪，自表辦事不力。

包公見眾人情緒低落，反而安慰說：「三寶並非急需之物，大家先別聲張，慢慢查訪就是。」

展昭在開封府等待幾天，決定向包公請求離鄉，

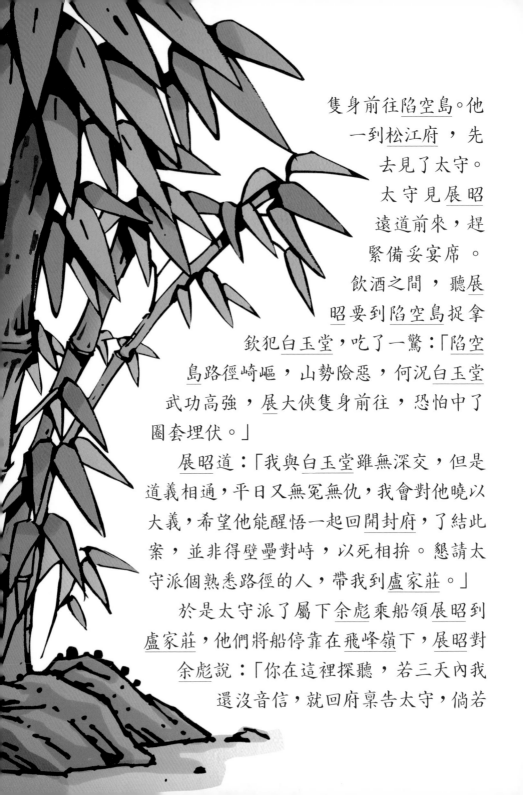

隻身前往陷空島。他一到松江府，先去見了太守。

太守見展昭遠道前來，趕緊備妥宴席。

飲酒之間，聽展昭要到陷空島捉拿欽犯白玉堂，吃了一驚：「陷空島路徑崎嶇，山勢險惡，何況白玉堂武功高強，展大俠隻身前往，恐怕中了圈套埋伏。」

展昭道：「我與白玉堂雖無深交，但是道義相通，平日又無冤無仇，我會對他曉以大義，希望他能醒悟一起回開封府，了結此案，並非得壁壘對峙，以死相拚。懇請太守派個熟悉路徑的人，帶我到盧家莊。」

於是太守派了屬下余彪乘船領展昭到盧家莊，他們將船停靠在飛峰嶺下，展昭對余彪說：「你在這裡探聽，若三天內我還沒音信，就回府稟告太守，倘若

超過十天，我尚未回府，就立即通知開封府。」說完便下了船，趁著月色，來到盧家莊。

　　只見厚實的圍牆高高聳立，展昭推推柵欄，卻是鎖住的，於是彎腰撿起小石片，敲擊幾下，高聲叫：「有人在嗎？」

　　裡面有人問他姓名後，回道：「五員外等候展大爺好多天了，你請稍等，我這就去稟報。」

　　豈知，展昭在外面等了又等，仍不見人影。展昭一氣，又敲又叫，忽然裡面有人大吼：「你是誰？三更半夜大呼小叫的，有本事就進來啊！」展昭聽這聲音挑釁意味十足，必定是白玉堂命家僕說的，明知是要激怒他，也顧不得那麼多，於是縱身跳上牆，悄悄進入莊內。

　　他一路留神，注意腳下的陷阱，只見大門深鎖，屋內空無一人，於是轉向西走，又看到同一樣式的門，他腳尖點地，小心翼翼前進，發現還有兩道門，走上臺階，通過裡面的兩道門，就看見裡面五間廳堂，仍是一片漆黑，只有東角門內隱約透出一絲亮光。展昭跨進門內，發現又有兩個臺階，心想：「這房子是隨著山勢建造的。」上了

臺階，往裡一看，東面一排五間平臺房舍，每一間都燈火輝煌，但是房門卻開在北邊盡頭。展昭心裡暗暗嘀咕：「怎會這樣？好好的五間房屋，怎不在中間開門？」繼續往北走過迴廊，看見開門處。推門一看，裡面桌椅排列整齊，有人往屋裡走去，展昭緊跟著，那人卻又走進第三間屋子，隱約看見衣襟，外罩松綠花色外袍。展昭猜想：「想必是白老五不肯見我，躲進裡間了。」連忙跟進裡間，掀起軟簾，又看見那人進入第三間，露出側臉，形貌和白玉堂神似，相隔一個軟簾子，展昭心想：「到現在這個地步，即使你羞愧面對一切，難道還能跑出這五間房屋？」腳步跟緊，瞬時已到門口。他向前掀起軟簾一看，這三間屋子是相通的，屋內燈火輝煌，只見那人背對著站立，頭戴武生綸巾，身穿花氅，露出藕色的長衫和官靴，分明就是白玉堂的模樣。「五賢弟請了。」展昭連叫幾聲，那人卻沒反應，上前一拉，竟是個燈草做的假人。

「糟糕，我中計了！」

展昭正想轉身時，哪知腳下踏著鎖簧，頓時踩空跌落，只聽見鑼鼓亂響，有人嚷著：「抓到啦！」原來地板下懸空掛著大網子，四面都是活結，展昭一掉下去，就無法再掙脫。這五間屋子就像樓房般，早有人

從下方開了隔扇，進來幾位莊丁，將絨繩繫下，先取下展昭的寶劍，再將他五花大綁。綑縛過程，說了不少尖酸刻薄的話嘲弄，展昭臉色一陣青一陣白，一言不發。接著，又有個莊丁說：「咱們員外和客人喝酒醉了，現在已經三更，先把他押到通天窟，得空再稟報吧。」

眾人將展昭推推擠擠，押著往南走去。沒多久，只見一面山根開鑿出來的石門。這石洞雖有兩扇門，一扇是活的，一扇卻是假門。莊丁拉起假門上的大銅環，門上有機關樞紐將活門撐開，剛好只夠一人進入，展昭被猛力推入，銅環一拽，門「喀啦」一聲關上了，門內四處光滑，顯然只能從外開啟。

展昭四下張望，只覺寒氣逼人，洞裡什麼也沒有，兩側全用油灰抹亮，無法抓牢，只有一道細縫可以望見天空。「難怪叫通天窟。」展昭心裡想。

藉著微弱的天光，展昭仰頭看見一塊小橫匾，上面寫著「氣死貓」三個紅字，不禁又惱又恨，長嘆一口氣：「我展熊飛枉受朝廷四品護衛之職，沒料到今日竟誤中奸謀，被擒至此。」卻也莫可奈何。

此時一旁忽然傳來哀嘆叫苦聲，展昭連忙問：「是誰？」那人說：「小的姓郭名彰。」展昭聽這聲音，年

紀不小，遂問長者怎麼也被囚在通天窟。那人回答：「小的是鎮江人，帶著女兒增嬌要到瓜州投親，不料渡船時遇見一個叫胡烈的頭目，將我們父女抓來莊裡，叫我把女兒嫁給什麼五員外的，還把我關在這裡。」展昭一聽，想到白玉堂在京城胡作非為，設下陷阱誘騙自己，加上這樁事情，更覺自己當初錯看白玉堂了，還自以為與他義氣相通呢！越想越覺怒氣沖沖。

　　四更時，外面忽然有人大嚷：「帶刺客，員外正等著呢！」石門應聲開啟，展昭邁開大步，跟著進到燈火通明的大廳，只見桌上擺滿佳餚美酒，當中坐著的正是白玉堂。他明知展昭已經帶到，還故意與旁人談笑風生。

　　展昭瞪眼喝道：「白玉堂，你想把我怎樣？」

　　白玉堂轉過頭，假裝吃驚道：「唉呀，小弟實在不知展兄駕到，手下的人只說是擒住刺客，沒料到竟是御貓！」說完，連忙將展昭身上的繩索解開，對著身旁的人說：「這位就是南俠展昭，目前是開封府四品護衛，一身好本領、好劍法，聖上還欽賜『御貓』的封號。」

　　展昭聽他挖苦，冷笑說：「你這山賊盜寇，既非聖上又非官長，怎敢妄言『刺客』？我展昭誤墮奸術，竟

自行葬送在山賊之手，可說大大不幸！」

「小弟一向行俠仗義，從不打劫搶掠，怎可辱罵我是山賊？」白玉堂嬉皮笑臉的說。

展昭怒視著白玉堂：「別睜眼說瞎話，為何將郭彰父女搶來，硬要霸占人家有婿之女為妻？郭老不允，還將他囚禁在通天窟，這難道不是盜寇的行為？還敢說『俠義』二字？羞死人了！」白玉堂聽後，面露驚訝，隨即命人帶郭彰來問清原委。

問明原委後，白玉堂又傳胡烈進來，皮笑肉不笑的問：「這幾日可有什麼特別的事？」

胡烈回答：「沒特別的事，小的正想找機會回稟員外，昨天碰見一對父女要過渡，女子長得端莊秀美，小的想到員外尚未娶親，就將他們留下，想成全這件美事，不知員外意下如何？」說完，洋洋得意的笑著。

白玉堂一聽，面無表情的說：「好，好，真是難為你了。沒想到你和胡奇兩兄弟來沒幾天，倒是很會揣摩。這件事，是我授意你這麼做？還是別人轉告？或者是你自己的主意？」

胡烈連忙說：「這是小的自己的意思，不用員外吩咐。」

七俠五義

98　　白玉堂轉頭向展昭說：「展兄可聽明白了。」展昭

便不言語。

白玉堂冷笑著湊近胡烈，猛然一腳將他踢倒，拔出劍砍傷他的左腿，胡烈疼得滿地打滾。接著命人將郭女領到堂上，當面交給郭彰，又叫僕從取二十兩銀子給他們父女當路費，最後又派頭領何壽，帶領水手二名，用船連夜將父女倆送往瓜州，郭彰千恩萬謝才離去。

白玉堂辦完事，笑盈盈的說：「此事多虧展兄告知，否則差點壞了小弟名譽，現在私事已了，咱們可以來談公事，如何？我猜測你此行的目的是要抓我進京，難道我白玉堂就要乖乖聽從你嗎？」

展昭知道綁架郭家父女一事是胡烈一人膽大妄為，便不再追究，順著他的話問：「你的意思如何？」

白玉堂冷笑一聲回答：「很簡單，十日之內，如果展兄能將三寶盜回，小弟甘拜下風，情願隨你上開封府。超過十日，展兄就乖乖的滾回去吧！」展昭也不甘示弱的說：「好，不用十日，我三日之內必能取回三寶，屆時你可別賴帳！」

白玉堂拍桌大笑：「好極了，大丈夫一言既出，駟馬難追。」說完兩人擊掌，白玉堂吩咐僕從，仍將展昭送到通天窟去。

第十二章　島上追逐　巧奪三寶

　　這邊廂郭彰父女跟隨何壽進入船艙，郭彰與女兒增嬌悄聲討論被掠後之經過，增嬌問：「爹爹如何見了員外，就能被釋放呢？」郭彰遂將在通天窟內遇見開封府護衛，號御貓的展老爺，多虧他見了員外或什麼大王時，分析明白，才得釋放。兩人談論，無限感念。

　　忽聽船後有叫嚷聲：「何頭兒，快將他父女倆留下，我要替哥哥報仇！」何壽道：「胡二哥，此事原是令兄不是，與他父女何干？我偏不留下，你能如何？」兩人一來一往爭執，只見胡奇舉起樸刀，就要砍下，何壽提起船板要擋，腳一滑，落入水中，兩名水手也落入水中。

　　郭彰父女在艙內大喊救人，一會兒，上游趕來一艘快船，船上五六人，喝道：「你這小子不知規矩，這蘆花蕩從不害人，你豈敢如此？」說著身子一縱，正要跳船過來，胡奇不分青紅皂白依然舉刀就砍，那人身子一閃，咕咚一聲也落入水中，胡奇力敵數人，全

無畏懼。沒多久，先落入水中的人探出頭來，見胡奇退到船邊，即用雙手揪住他腳踝，往下拉扯，胡奇也撲通落水，又被順勢拽上船綑綁妥當。眾人七手八腳將郭彰父女船隻駕起，直奔蘆花蕩。

眾人至船泊後，同到茉花村，先通報丁兆蘭、丁兆蕙。兩兄弟趕來大廳，先將增嬌交在月華小姐處，再細問郭老詳情，正問訊時，丁母差丫鬟請兩兄弟進屋。原來增嬌告知丫鬟自己如何被擒，如何遇展爺營救，還提到：「聽說是什麼御貓，現在也被擒困住。」月華一聽，帶著增嬌稟報丁母。丁母聽到展昭被擒的傳聞，心疼女兒憂心，一見丁兆蘭、丁兆蕙遂質問：「你妹婿展熊飛至松江，已被人擒住，你二人可知？」兄弟倆聞言大吃一驚：「孩兒實在不知。方才問郭老才知展兄已在陷空島。」

丁母道：「我不管你們知不知道，我只要女婿安然無恙，絕不能有任何差池。」兩人見母親怒氣沖沖，趕緊備了船隻，先護送郭彰父女到瓜州。此時天已黎明，丁兆蘭與丁兆蕙商議：「咱們以遣送胡奇為名，暗暗探查南俠消息。」

隔天，丁兆蘭便乘船來到陷空島。

白玉堂一聽丁兆蘭親送胡奇而來，心中已明白始

末，趕緊出門迎接，邀他一起飲酒暢談。席間，丁兆蘭問：「你最近在忙什麼？」白玉堂誇張的將自己如何在忠烈祠題詩、萬壽山行義、盜取三寶，以及展昭自投羅網等事一一說明。

「我原本以禮相待，豈知他並不領情，我一氣，將他一刀……」丁兆蘭聽了大驚失色：「唉呀，事情可鬧大了，展昭是朝廷命官，你若傷他性命，朝廷是不會善罷甘休的！」

「哈哈，別說朝廷不放過我，即使包相爺不追究，只怕你們丁家兄弟也不會饒了我吧？小弟只是跟你開玩笑的！我早已吩咐家丁好好看待展兄，過幾天再將他交給你就是。」

丁兆蘭被他一奚落，反而無話可說。接著白玉堂假意有事離開，暗暗將他拘留在螺蜔軒，任憑他左旋右轉，就是找不到出路。直到傍晚，突然有個老僕帶來一名約八、九歲的男孩，長得方面大耳，模樣頗像

盧方。

「丁叔父在上，姪兒盧珍拜見。奉母親之命，特別來送信。」

老僕人道：「小的焦能。主母知道五員外回莊後，每事任為，毫無商酌，誰知竟將展大爺關在通天窟，又聽說您被困在螺螄軒。此地機關重重，外人根本無法出入，為了爭取時間救兩位，她請您即刻寫信，由小的送到茉花村，通知丁二爺。」丁兆蘭連連答應，立即寫信交給焦能。焦能道：「小的須打聽五員外安歇了，才好到茉花村去，不然恐怕五員外起疑。」說完，帶著盧珍轉向後面，繞了幾個蝸角，便消失了。

丁兆蕙在家一夜沒睡，只聽隨行的人回報說丁兆蘭被白玉堂留住了，需要幾日才回來。黎明時，見焦能送信來，心中仍遲疑，恐怕白玉堂也要來誆詐他，此時正好盧方、徐慶和蔣平來了。盧方見焦能在此，問道：「你怎會在此？」

焦能詳細說明原委，眾人聽罷，蔣平說：「諸位哥哥，救出展兄、取回三寶之事可得辛苦大家，五弟素來與我不睦，這次捉拿他歸案我也多有出謀劃策，今日若我露面，恐怕反倒壞了事。此次行動可要暗中進行，無論如何要多仰仗丁二爺。現在請焦能先回去，免得五弟生疑，之後再叫他在蚯蚓嶺接待丁二爺，指引路徑如何？」

丁兆蕙說：「不知派我什麼差使？」

「首先救出展兄，其次再取回三寶。你便同展大哥在五義廳等候；大哥、三哥在五義廳西竹林等候；彼此會齊了再一擁而上，五弟就難脫身了。」大家都贊同蔣平的提議，穿戴妥當後，就各自離去。

丁兆蕙二更時駕起小船，趕往蚯蚓嶺，臨近時分辨方向，就離船攀登山嶺，只見小路蜿蜒，崎嶇難行，高峰處並未見焦能。丁兆蕙正納悶時，望見眼前平坦之處，一片清波，光潔蕩漾，心中懊悔：「早知此處有水，就不該在此約會。」此時忽然看見一人踏

水前來，竟是<u>焦能</u>，<u>丁兆蕙</u>詫異不已。原來這片「<u>青石潭</u>」是<u>盧方</u>依著天然景觀修築，白天、晚上望去都像汪洋沼澤，其實是一半天然，一半人力所成，凡是有波浪的，全有石紋，可以踏足，不知情的人，早已繞道走遠了。

說著說著，兩人已經步下嶺，到了潭邊果然是平坦大路。<u>焦能</u>說：「前方有座立峰石，越過濃密松柏林，便是往<u>五義廳</u>的正路，小的便送您到此了。」

<u>丁兆蕙</u>走了一會兒，見東北方和西方各有一盞燈光隱隱約約接近，猜想是打更的人，趕緊隱身在樹林後。

其中一位說：「剛才員外送了一桌酒菜要給那姓<u>展</u>的，我猜他吃不了那麼多，就留下一半，豈知那姓<u>展</u>的竟不知好歹，說菜是剩的，酒是渾的，把碗盤都砸了，老七，你說可惡不可惡？」

另外一位也說：「六哥，我們那裡五員外連同幾位賓客和<u>丁</u>大爺正吃喝著，偏偏有人起鬨要看什麼<u>包</u>公的『三寶』，現在還特地要我去<u>連環窟</u>取三寶呢！

好啦，不說了，還得趕緊去辦事。」說完兩人各自走了。

丁兆蕙趁兩人不注意，從後面伸手掐住走在後頭那一位的脖子，按倒在地，問清楚通天窟方向後，脫下他的衣服和腰帶，把換下的衣服穿在自己身上，用腰帶塞住他的嘴，並綁在樹上。

到了通天窟，丁兆蕙將腰牌舉給看門的人看，說：「我奉五員外之命，前來帶姓展的。」看門的正喝得醉醺醺的，順手將銅門往懷裡一帶，嚷著：「展老爺，五員外請你呢！」

只見展昭大步走了出來，丁兆蕙見狀，隨即向前引路，走沒多久，他低聲問展昭：「展兄可認得小弟？」展昭看清楚丁兆蕙的容貌，不勝歡喜。

兩人悄悄趕往五義廳東竹林內，聽見白玉堂苦候許久，便要親信白福催看三寶取來了沒。展昭跟隨在後，準備截取三寶。

沒多久，白福提著燈籠和一個包袱往回走，邊走邊覺得身後被枳荊扎住，正轉身摘除時，燈籠忽然滅了，包袱也不翼而飛，他嚇了一大跳。展昭隨即從背後將他雙臂反翦制伏，用石頭壓住，再用一塊布將他的嘴塞住。

展昭轉身拎了三寶，恰巧在路上與前來助陣的徐慶會合，之後，兩人直奔五義廳。

大廳裡擺著酒席，丁兆蘭坐在上位，白玉堂正和旁人飲酒說笑著。白玉堂信口開河的說：「這下可要姓展的輸得服氣，就連包大人也要連帶受處分，我才能消這口怨氣。我要看看那些哥哥們，將來怎麼對得起開封府。」

徐慶聽了這話，氣憤不已，舉起利刃，衝進大廳，大嚷：「姓白的，吃我一刀。」

白玉堂正想拔劍抵擋時，沒想到劍早被丁兆蘭竊到手中，遂將椅子舉起往上一迎，「啪」一聲，椅背已被砍得粉碎。

白玉堂急嚷著說：「且慢！我與展兄已言明，如他能盜回三寶，我必隨他到開封府，他說只用三天，即能盜回。你明知展昭無法取回三寶，就仗著人多要將他救出，連三寶也不管了，你們不要臉，難道姓展的也不要顏面？」

徐慶聽了先是哈哈大笑：「姓白的，別做夢！」隨即轉頭朝門外說：「展大哥，快將三寶拿來。」

這時展昭托著三寶，笑吟吟的走進來。白玉堂看見盧方和丁兆蕙也站在廳外，心裡早已明白，正猶豫

七俠五義

著，又聽見徐慶說：「姓白的，事到如今又有何話說？」

白玉堂隨手舉起椅子，擲向徐慶，徐慶也持刀砍來，白玉堂又將綠蔥長袍脫下，撕成兩半，擋開利刃，藉機往西邊竹林跑去。盧方大嚷：「五弟且慢！愚兄有話說。」白玉堂並不理會，丁兆蕙見盧方不強勢拘捕，他也不好追趕，只有徐慶窮追不捨。

沒多久，只見徐慶氣喘吁吁的跑回來說：「五弟已經越過後山，跑得不見蹤影了。」

盧方一聽，跺著腳嘆氣，說：「後山下邊就是松江的岔子，越過水面就是一條到松江的捷徑，五弟曾經打造一條大鐵鍊，一端釘在山腳下，一端嵌在岸上，就叫獨龍橋。五弟不懂水性，因此暗自勤練，認為自己也可以在水上騰空飛越。」丁兆蕙一聽，說道：「哪有這麼容易？這下他可真要上開封府了！」

丁兆蘭說：「幸好三寶已取回，展大哥也沒事了，現在不如到舍下坐坐，和蔣四哥商量商量再作打算。」

第十三章 擒錦毛鼠 龍樓封官

白玉堂越過後牆，狂奔到山腳下，自認為可以沿著鐵鍊飛越過松江，仔細一看，鐵鍊不知何故竟然已經斷掉沉落江心。正焦急無奈時，忽然聽蘆葦叢裡咿呀咿呀搖出一艘小漁船，白玉堂滿心歡喜，叫喚著：「船家！快來渡我過江，自有重賞！」

上船後，漁翁慢慢搖起槳，一到江心，卻不動，說：「大清早，總要討個吉利，客官得先付錢，我才渡你過去。」

白玉堂愣了一下，剛才倉卒奔逃，身無分文，只好恨恨的脫下身上的襯襖交給漁翁作為抵押。沒想到，過了一會兒，又有一艘漁船靠近，漁翁便和對船漁人閒聊起來，聊得正起勁時，突然跳過另一艘漁船，把白玉堂撂著不管。

白玉堂氣得又嚷又喊，卻沒人理睬，百般無奈，只好自己舉起篙撐船。

「奇怪，這船怎不前進？只在江心打轉兒。」他

累得全身是汗，嘴裡抱怨著，後悔以前沒有學習撐船。

　　忽然，船艙中走出一個頭戴斗笠、穿著潛水衣裝的人，笑著大聲說：「五弟好久不見！世間沒有十全十美的人，也沒有十全十美的事，你抱怨什麼？」

　　白玉堂抬頭一看，竟然是蔣平，這才醒悟原來是他躲在船艙下讓船打轉，氣得大吼：「可惡的病夫，誰是你五弟？」

　　蔣平道：「好啊，我是病夫，當初叫你練撐船，你偏要練那什麼獨龍橋，如今你那座橋哪裡去了？」

　　白玉堂一聽，氣得齜牙咧嘴：「這獨龍橋斷裂果然是你做的好事！」順手用篙一推，蔣平就掉進水裡了，

白玉堂望著江面一圈圈的漩渦，再用篙撥船時，仍是動也不動，只急得手忙腳亂。

一會兒，蔣平探出水面，扳住船邊說：「五弟呀！你一定口渴了吧？」

白玉堂還來不及說話，「啊呀」慘叫一聲，船底已經朝天，錦毛鼠一下就變成了水毛鼠。

蔣平趁白玉堂嗆水昏迷之際，揪住他的髮絡，托著下巴，雙腳踏水，泅到北岸的船隻旁。岸邊早有三四艘小船等候，見蔣平托起白玉堂，便喊叫：「來了來了！蔣四爺成功啦！」一群人立即將白玉堂綑綁起來，再用木槓穿起，七手八腳抬著溼答答的白玉堂到茉花村。

稍早，展昭同盧方、徐慶、丁兆蘭、丁兆蕙回茉花村時，一進門就問家僕：「蔣四爺可在？」家僕道：「蔣四爺昨晚在二員外離開後也就走了。」眾人追問，家僕只回答：「蔣四爺說『有約個人』就走了。」眾人更是詫異。

當大家正在廳堂商討事情，望見蔣平扛回白玉堂，又驚又喜，連忙迎向前來，幫忙抽槓解縛。這時，躺在一旁的白玉堂雖然已經吐水，但是神志尚未清楚。盧方為人溫厚，疼惜五弟，見他這副樣子，難過得頻

七俠五義

112

頻拭淚；徐慶脾氣焦躁，不滿白玉堂所作所為，插著腰，怒目相視；素來與白玉堂不睦的蔣平，智擒「水毛鼠」，正嬉皮笑臉，等著看好戲。

「你這病夫，我不饒你！」白玉堂睜眼一看見蔣平，掙扎著起身想與他拚命。展昭連忙扶住他：「這事從頭到尾由我引起，你就責備我好了。」丁家兄弟也走近扶起，這時，盧方說道：「五弟先去沐浴更衣，有話以後再說。」白玉堂看自己渾身溼淋淋的狼狽模樣，只得無奈的答應。

白玉堂走進房間，看見澡盆裡熱氣騰騰，旁邊擺放著毛巾、香皂、內衣褲、襯襖、靴襪、綠氅衣，還有武生頭巾，全是簇新的，尺寸大小與自己身形完全相符，知道是丁家兄弟細心準備的，心裡很感激。有小童端來熱水協助洗去髮內汙泥，又進來小童提熱水注入澡盆，請五老爺沐浴。

沐浴完畢，丁兆蕙請他進廳堂喝酒。盧方見他依然面帶怒意，應該還在氣蔣平用計捉拿他的事，趕緊為他斟酒：「五弟喝一杯，袪袪寒氣。」白玉堂面無表情的接過杯子，一飲而盡。

「五弟，過往的事就不必再提，希望五弟一同到開封府，算是給為兄的一個面子。」盧方起身開口勸

說。白玉堂一聽，氣忿不已，說：「要我上開封府，辦不到！」

這時蔣平進來，說：「姓白的，你別太任性！當初你和展兄約定，若取回三寶就隨他回開封府，為何說話不算數？剛才我救了你的性命，丁家兄弟對你又這麼好，為的就是要成全兄弟的義氣。你現在不去開封府，不僅失信於展兄，也對不起眾兄弟，你的義氣又在哪裡？」

白玉堂氣憤道：「你這病夫，我和你勢不兩立！」起身就要和蔣平拚命，丁家兄弟連忙上前攔阻。蔣平笑著說：「我才不和你打架。老早就聽說你沒見過大世面，現在可真證實這傳言說得沒錯。」

白玉堂問：「你這話什麼意思？」蔣平接著說：「你到皇宮內苑除奸佞，擅在忠烈祠題詩，全都是倚仗著你飛簷走壁的本領，加上黑夜沒人看見。如果你敢在光天化日下，瞻仰天子陛殿的整肅，或者包相爺升堂審案的威嚴，才算是條好漢。姓白的，你見了雖不至於骨軟筋酥，也會威風頓減，我說你沒見過大世面，所以不敢上開封府，正是此緣故。」

白玉堂不知蔣平是激將法，氣得大嚷：「你這病夫！你把我看作是誰？別說是開封府，就算是刀山劍

林，我也不怕！」

「老五呀！這話可是真的？還是仗著膽子說說就算了？」「這又不是什麼了不起的大事，還用得著向你撒謊？」眼見氣氛又緊張起來，丁家兄弟怕兩人又鬧翻，連忙斟了酒給兩人喝。

白玉堂又問蔣平：「我與你何冤何仇？何苦將我翻下水？」「五弟，你說話太不講道理。你想想自己做的事哪一樣留情分？難道不是你先將我一篙打下水嗎？幸虧我識水性，否則早就淹死了！怎麼你反倒生我的氣，我還真是冤枉死了。」蔣平說得大家忍不住都笑了。

展昭斟了酒，敬白玉堂，說道：「這些事都由我引起，不過我說句公道話，實在是五弟年少氣盛才會衍生這些事。如今你既答應同赴開封府，無論何事，我願與你榮辱與共。你若相信，就請喝下這杯酒。」

白玉堂接過杯子，一飲而盡，說道：「展兄，小弟與兄臺原先就意氣相投，一切皆因小弟個性魯莽。到開封府，小弟自會認罪，絕不拖累展兄。過去多次冒犯，小弟也要敬一杯酒賠罪。」展昭連忙接過酒，一口喝下，蔣平與白玉堂也嘻笑著對飲，眾人盡釋前嫌。

酒足飯飽後，展昭、盧方、徐慶、蔣平與白玉堂

五位英雄帶領隨從，浩浩蕩蕩來到開封府。公孫策、王朝、馬漢、張龍、趙虎等見白玉堂少年英雄，無不欽羨。之後，展昭參見包公，呈上三寶，仔細報告經過，並請求包公保奏白玉堂。

包公命人帶白玉堂。此時白玉堂已換上罪衣罪裙，帶上手銬，見了包公立即俯首屈膝。包公笑容滿面的說：「聖上要請五義士來，並非要加之罪，而是有意求賢。五義士只管放心，本閣已做好保奏。」說著吩咐人將白玉堂的手銬脫掉，脫去罪衣罪裙。

第二天，包公帶著白玉堂入朝，仁宗皇帝看了奏摺，針對白玉堂闖忠烈祠題詩、萬壽山行義以及盜取三寶之事，念在年輕氣盛又滿腔正義，就依包公的保奏，一概寬恕。接著，派人告訴白玉堂不必穿罪衣，只需著平常衣服晉見即可。仁宗皇帝身旁的老親信陳琳，感念白玉堂殺郭安，也算有救命之恩，又致謝一番，然後傳旨請白玉堂換上一身簇新衣服，更顯得英姿煥發。

仁宗皇帝看見他一表人才，回想他所做的事，覺得他身懷絕佳本領，具過人的膽識，心裡非常歡喜，就依照包公所奏，加封展昭為二品護衛，四品護衛的職缺，就由白玉堂遞補，和展昭一起在開封府任職。

第十四章 花蝶匿跡 壯士遇襲

　　自從白玉堂封官，風波暫告一段落後，蔣平即離開京城，以道人打扮，暗中查訪韓彰下落。一路由丹鳳嶺慢慢來到杭州。

　　這日在「大夫居」飯館中，偶然聽一位客人莊致和提起韓爺如何見義勇為，救回其外甥女巧姐之事，蔣平起身問道：「施主，方才所說韓爺，可是高大身軀、面色棕黃，微微有點黃鬍鬚？」「正是，道爺何以知韓爺？」蔣平道：「小道素識此人，不知他往何處去？」蔣平與莊致和細聊，越聽越覺此人必是韓彰。

　　當他步出「大夫居」時，天色已晚，便往鐵嶺觀投宿。應門的是一位醉醺醺的老道人，手裡還拎著酒葫蘆，斜眼打量了蔣平，說道：「瞧你瘦瘦小小不至於惹事，你等等，我先去沽酒。」

　　蔣平機伶的接過酒葫蘆，說：「小道也愛喝一杯，讓我沽酒來孝敬您，如何？」說罷轉身就走，去沽了酒，還買了許多下酒菜。

蔣平暖酒添杯，佯稱姓張，與老道人歡喜的對飲閒聊，原來老道姓胡名和，觀裡當家的叫吳道成，是盜賊出身，面目黝黑如墨，自稱鐵羅漢，有一身的好武藝。胡和越說越起勁，順口道：「等一下當家的帶人進來時，你可別管他們做什麼，讓他們到後面去，我們儘管喝個痛快，如何？」

「多謝胡兄指示，不過當家的做什麼，怎不說呢？」

「最近有個叫花蝴蝶的來找他，兩人鬼鬼祟祟，不知做些什麼，昨晚有人追來，竟被他們擒住，鎖在後院塔內，這些事誰能管得著？」

「他們擒住的是誰？」

蔣平聽胡和大略敘述一番，猜測這人應是韓彰，心想：「難怪找不到二哥，沒想到竟被他們擒住了。」

原來韓彰自從離開京城，獨自返回丹鳳嶺翠雲峰掃墓後，就隨性前往杭州，想要遊覽西湖風光。沿路聽街坊談論花蝴蝶。花蝴蝶專門偏愛戲弄玷汙婦女，一說起這惡

賊所做的傷天害理勾當，人人又惱又恨。

　　那晚，韓彰來到觀音庵附近，竟看見一道黑影從牆頭飛落，韓彰心想：「奇怪？一個尼姑庵，這夜行人到此做啥？必定沒好事。」也悄悄飛越牆頭，彎曲著身子，朝裡面查探。只見東院房門虛掩，裡面燈火明亮，有個男子鬢邊插著蝴蝶，高高的在窗前搖舞著，「好呀！想必這就是人說的花蝴蝶。」

　　只聽花蝴蝶道：「仙姑呀！我如此懇求，妳怎不從？凡是被我看上眼的婦女，沒有一個逃得了，我愛妳的容貌姿色，不忍加害妳，妳若不識抬舉，就要惹惱我了！」

　　那女尼忿恨的回答：「我本是好人家的女兒，因為體弱多病才入空門修行，沒想到遇上你，算是我的劫數到了，不如早死早超生！」

　　「妳這賤人，竟敢以死威脅，我殺了妳！」

　　韓彰一聽，在外頭大呼：「花蝴蝶，不可輕舉妄動！看我擒拿你！」

　　花蝴蝶沒料到窗外有人，連忙將燈吹熄隱匿行蹤，提了刀直奔屋外。兩人正打得如火如荼時，牆上又翻下一名身形極短的大漢，一刀劈向花蝴蝶，反倒阻了韓彰的攻勢。兩人追逐三里，又有座廟宇，花蝴蝶縱

身躍入，韓彰瞬間飛跳進去，花蝴蝶趁隙往外竄逃，躲在後院香爐塔旁。韓彰和大漢一路追趕，來到後院，兩人左旋右轉，大漢突然衝出，一面嚷著：「花蝴蝶，你往哪裡逃？」

花蝴蝶翻身一躍，手一撒，韓彰肩膀中了一鏢，剛開始並不痛，卻覺得越來越麻。韓彰暗叫：「不好！是毒鏢。」由於不知是何種毒，又擔心毒性隨即發作，便急忙躍出牆外，趕回桑花鎮。

當花蝴蝶與大漢打得不可開交時，忽然有一孔武胖大之人趕來，幫著花蝴蝶，兩人一下子就把大漢擒住，鎖在塔裡。

蔣平聽完胡和所說，當即想救出韓彰，便將胡和灌得爛醉，脫下他的外袍穿在自己身上，抽出三稜鵝眉刺，潛到後院的三座磚塔旁。

忽聽一陣叫嚷聲傳來：「你們將老爺綑縛在此，到底要怎樣？」

蔣平細聽，並不是韓彰的聲音。便悄聲說：「你是誰？我來救你。」說著，走近將繩子用刀挑斷。

大漢道謝，說：「小的龍濤，只因家兄被花蝴蝶花沖殺害，氣憤難消，本想為家兄報仇，沒想到竟被花蝴蝶和吳道成擒拿。昨晚有個細長身子的夜行人也與

花蝴蝶對峙許久，後又越牆走了，不知那人是誰？」蔣平聽他敘述，料想那夜行人就是韓彰。又問明方才進來的兩人往哪裡去。然後便轉身穿過竹林，躡手躡足找到西後院密室，屋內花蝴蝶和吳道成兩人正商議著害人的勾當。

「賢弟，你也太想不開了，一個小尼姑何必放在心上？」

「大哥，自從見了她，我就神魂顛倒，茶不思飯不想的，偏偏她不依從，若是別人，我早就殺了，對她卻下不了手。」

蔣平猜想道人裝扮的是吳道成，另一個鬢邊插著一隻蝴蝶，應該就是花蝴蝶，於是心生一計，高聲叫著：「無量壽佛！」接著往南藏身在竹林隱密之處。

吳道成出來觀看，看見門已開，四下卻無異狀，以為是胡和醉了，不知來做什麼？正準備往竹林裡小解，蔣平趁機抽出鋼刺「噗哧！噗哧！」往他肚子猛

刺，吳道成頓時撲倒在地，再無氣息。

隨後蔣平又來到密室外，只聽花蝴蝶問：「大哥，是誰？」蔣平一言不發，掀起軟簾，卻見花蝴蝶起身，蔣平順勢舉起鋼刺，猛然從背後刺下，只聽見「味」一聲，衣服割裂，腰間被刺一刀，花蝴蝶一掙脫，便翻牆跳下竹林，手一揚，又有一物從耳邊閃過，蔣平頭一低，花蝴蝶已經無影無蹤。

蔣平回到東廂房，見胡和仍醉臥床上，於是穿上道袍，就與龍濤一同前往桑花鎮。

這時，旭日東昇，兩人便走進一家飯館，才剛坐定，便看見店小二提了一條活跳跳的鯉魚，蔣平招手要店小二也送一條來。

店小二說：「這魚是不賣的，一位軍官在飯店裡生病了，要我拿錢買幾條魚來養病，我好不容易才找到的！」

蔣平聽了心想：「奇怪？鯉魚是會誘發舊疾的食物，怎用來養

病？二哥最愛吃鯉魚，這位軍官會不會就是他呢？」

沒多久，蔣平見店小二端了熱騰騰的魚往後面走去，便問：「這軍官來多久了？」

店小二回答：「昨天出去賞月，交四鼓左右回來就病了，要三個伙計分三處抓藥，藥買回來，小的要替他煎，他卻不要，只挑了幾味說含在嘴裡。到了次日早起，小的過去一看，軍官的病果真好了，賞了小的二兩銀子，又吩咐小的務必多找幾尾活鯉來養病，可不知是什麼病？」

蔣平越聽越著急，心想：「二哥一定是在鐵嶺觀中了暗器，要分別買藥，難道暗器也是毒鏢？糟糕，他的解藥丸上次被我誆走了……解藥如此費事，他必是恨我。」趕緊央求店小二讓他跟在後頭，假裝是不期而遇。

一到房門口，店小二說道：「大爺吃這魚，可還合口味？」韓彰點頭稱好，才說完，蔣平就接著說道：「唉呀！二哥，你可想死小弟了。」進了屋，又雙膝跪倒在床前，韓彰轉身面向裡面，不理睬他。

蔣平流著淚說：「二哥！你氣惱小弟，小弟深知。只是小弟委屈也要說明白，當初五弟逞強逞能，不顧法紀，急得大哥無地自容，差點抑鬱尋短。二哥可知，

小弟要離間二哥，也有一番苦心，若不是包大人力保，他怎能毫髮無傷，還授予官職？咱們兄弟陷空島結義以來，天天在一起，如今四人都已蒙受皇恩，每次想到二哥不在，就忍不住痛哭。我裝扮成道士就是要尋訪二哥，若尋不著，也就出家罷了！」說著，抽抽噎噎哭了起來，一邊偷看韓彰，見他正用手巾抹臉，知道他心動了。接著說：「二哥若還在氣小弟，我的苦心也被埋沒了，索性找個地方自行了斷吧！」說完，聲音哽咽就要放聲大哭。

韓彰轉過身，抹抹眼淚，說：「你的心意我知道了。上次你詐藥，為何拿走兩丸，害我昨天差點沒命，真是狠啊！」蔣平道：「小弟又不能未卜先知，若是早知你會中毒鏢，當初就留個後路，免得你氣惱我！」韓彰一聽，也笑出聲。伸手拉起蔣平，問道：「你說，大哥和三弟可好？」蔣平與韓彰細細敘說別後經過，龍濤也來會見過韓彰。有了蔣平、龍濤的服侍照顧，韓彰很快就復元了。

這天，三人正在用餐時，龍濤部下夜星子馮七滿頭是汗，跑來通報：「官府正嚴密緝捕花蝴蝶，聽說他已逃到信陽投靠鄧家堡。」蔣平道：「這傢伙罪大惡極，不如二哥與小弟同到信陽，擒住花蝴蝶。一來除

惡患；二來為龍濤報仇；三來二哥上開封府也有光彩，如何？」韓彰點頭稱是。蔣平裝扮成道士，韓彰依然作軍官打扮，龍濤與馮七扮作小販，屆時伺機行事。

第十五章　巧遇北俠　妖精除惡

　　時序回到數日之前，由於展昭和丁月華的婚期訂在明年春天，丁兆蘭奉丁母之命前去與展昭會合，準備整修房屋，處理完婚事務。

　　途中在會仙樓酒館休息時，丁兆蘭見到一名碧眼紫髯的威武大漢，又驚又喜，問：「兄臺可是人稱北俠的歐陽春？小弟丁兆蘭久聞大名。」

　　歐陽春爽朗回答：「久仰茉花村雙俠！」兩人又多叫了幾盤酒菜，相談甚歡。

　　他們正飲酒暢敘時，幾位鄰桌客人也高聲議論太歲莊馬剛的惡行，說他倚仗叔父馬朝賢在宮裡當總管，就在鄉里無惡不作、魚肉百姓，甚至勾結襄陽王，意圖謀反。

　　丁兆蘭越聽越氣憤，低聲問歐陽春：「你我行俠仗義，應當翦惡除奸，不如趁早將馬剛除掉。」

　　歐陽春連忙搖手，說：「賢弟先別這樣，難道不知窗外有耳嗎？要是讓人聽見就不好了。」

丁兆蘭心裡暗想：「這個歐陽春怎麼如此膽小？可惜我身上沒帶兵器，否則要他今晚知道我的屬害。」又轉念一想：「不如偷這北俠的寶刀去除害，回來還可以奚落他一番。」打定主意後，丁兆蘭就裝出醉態，說要找個地方投宿。

歐陽春陪他到附近一座廟宇借宿，廟裡的住持帶他們到一間客房內安歇。丁兆蘭又說起除掉馬剛的計畫，但歐陽春卻不太搭理，沒多久，竟然張牙咧嘴打起呵欠。

丁兆蘭看了更不耐煩，心想：「這樣的酒囊飯袋，也敢稱作『俠』？真是錯看了！」便淡淡的說：「歐陽兄既然有些困倦了，不如早些安歇。」

歐陽春點頭稱是，臨睡前將寶刀掛在床頭，沒多久就鼾聲大作，丁兆蘭覺得可笑，靜靜的盤膝打坐，閉目養神。半夜三更，只覺北俠的鼾聲似乎更大了，就悄悄偷了寶刀，直奔太歲莊。

丁兆蘭輕巧越過圍牆，踮著腳尖，從側邊廂房來到大房。他伏在簷前觀察屋裡的動靜，只見七八個姬妾圍著一名三十多歲的男子爭寵，那男子哈哈大笑著：「放心，妳們的酒，孤家都會喝的。」

「怪不得人家說他想造反，居然稱孤道寡起來！」

丁兆蘭按捺不住怒氣，正準備抽出寶刀，沒想到寶刀竟然不見了，只剩下空空的皮鞘，只好暫時躲藏在石頭後面。沒多久，眾姬妾突然從軟簾中爬出來嚷著：「不好啦！千歲爺的頭被妖精取走啦！」一時間宅院裡呼喊哭鬧亂成一團。

丁兆蘭心想，這妖精有趣，必是此賊惡貫滿盈遭到報應，正準備離開太歲莊，回廟再做打算，豈知縱身躍過院牆時，一個大漢從旁邊衝過來，劈頭就是一棍，幸好他閃躲得快，大漢接連著又是幾棍，正危急時，有人從牆上丟下一物將大漢打倒，丁兆蘭趕緊上前抓住大漢。

這時，牆上那人也縱身飛下來。丁兆蘭定睛一看，那人正是北俠歐陽春，手裡還拿著寶刀，不禁心裡又驚喜又佩服。

莽漢大喊：「花蝴蝶，算是上輩子欠你，沒想到我們兄弟都死在你手裡！」

「我是丁兆蘭，才不是什麼花蝴蝶。」

「難道我認錯人了？」

丁兆蘭放了莽漢，那莽漢揮了灰塵，發現衣服一片血跡，丁兆蘭一看，才知道歐陽春扔的東西正是方才所取的馬剛首級，低聲說：「我們先離開這裡再

說。」

三人沿路走著，莽漢說：「我叫龍濤，原想抓住花蝴蝶替家兄報仇，只是他行蹤詭譎，來去無蹤，昨天伙計告訴我花蝴蝶進了太歲莊，心想馬家姬妾多，必定是他看上某一個，所以趕來這兒，沒想到遇見兩位。」

龍濤得知眼前就是大名鼎鼎的北俠歐陽春和雙俠丁兆蘭時，不禁跪拜懇求：「小的在衙門當捕快，原本奉令緝捕馬剛，順道暗中探查花蝴蝶行蹤，無奈自己只是小小的差役，恐怕不是他的對手，懇請二位協助小的，以報殺兄之仇。」

歐陽春道：「馬剛惡貫滿盈，已遭天譴，但是我們不認識花蝴蝶，該如何幫你呢？」

龍濤回答：「花蝴蝶也是少年模樣，但武藝高強，總是在鬢邊插一隻蝴蝶，偏愛美貌婦女，所以稱花蝴蝶。這人平日作惡多端，已有許多婦女受害。最近聽人說他之後會到灶君祠去，或許我們可以先去埋伏。」

丁兆蘭提議：「離灶君祠開廟日期還有半個月，到時候，我們就約在那裡見面吧！」龍濤連聲說好之後，

七俠五義

就告辭離開。

丁兆蘭和歐陽春回到廟裡，丁兆蘭將皮鞘交還給歐陽春，說：「物歸原主，不知歐陽兄何時將寶刀抽走？」歐陽春道：「賢弟踮腳尖移動時，我已將刀取回。」

「北俠乃真英雄，小的甘拜下風，只是不解，為何馬剛姬妾會口口聲聲說是妖精取了馬剛的首級？」

歐陽春道：「你我行俠仗義不必聲張，為了保密，寧可不露出真面目。」說著，從懷裡掏出三樣東西，遞給丁兆蘭說：「賢弟，請看妖精！」

丁兆蘭接過一看，原來是用三個皮套做成的鬼臉面具，不禁笑說：「原來兄臺是兩面人哪！」

歐陽春也笑著說：「戴著面具殺馬剛也有好處，他有反叛之心，是因為叔父馬朝賢在朝廷撐腰，如果公然殺了他，勢必增加官府的麻煩。現在那些妻妾婦人誤以為是這青臉紅髮妖精殺了他，即使官府抓不到兇手，也無話可說。」丁兆蘭聽了，讚不絕口。兩人閒談多時，天已大亮。出廟時，丁兆蘭極力邀請歐陽春到茉花村暫住，等日子接近時再赴灶君祠，歐陽春本是無牽掛之人，就不推辭。

歐陽春一到茉花村，逗留數日，與丁兆蘭、丁兆

蕙義氣相投，偶然提到花蝴蝶，便要到灶君祠赴約。丁兆蘭、丁兆蕙稟報丁母時，丁母不願他們遠遊，礙於北俠，不便推託。於是吩咐廚房預備送行酒席，正當北俠與丁兆蘭、丁兆蕙歡天喜地收拾行李時，丫鬟突然回報丁母身體不適，已經安歇。

　　隔天，歐陽春只好安慰兄弟倆，既然老母身體微恙，還是不宜遠遊。正說話時，龍濤的部下馮七正巧趕來送信，將龍濤如何追趕花蝴蝶，在觀音庵遇蔣平搭救，刺殺吳道成，又如何遇見韓彰，現在又聽說花蝴蝶已經逃往信陽等等，說了一遍。歐陽春方知那日與龍濤暫別後，竟又生出如此多事來，當下決定即刻出發。馮七又叮嚀道：「約定地點已非灶君祠，大家準備在誅龍橋西河神廟相見。」歐陽春回答：「我知道了，那廟裡方丈慧海我熟識，棋藝極為高明。」

　　歐陽春一路趕赴信陽，來到河神廟。一進廟，見幾個人圍著一個大漢，地上放著一個籮筐，叫嚷著：「我這煎餅是真正黃米麵做的，又有蔥又有醬，咬一口噴鼻香，趁熱呀！」

　　歐陽春仔細一看，竟是龍濤，故意問：「這廟裡可有房間？我要等個朋友。」

七俠五義

　　龍濤一看見他，就笑嘻嘻的說：「真巧呢！我也是

等候鄉親，就住這廟裡。廟裡房間還多，體面又舒適，我是住不起，只能跟老和尚在廚房裡打地鋪，煎幾張餅，作個小買賣謀生。您要不要來一張嘗嘗？保證撲鼻香。」

「晚一些到廟裡，煎幾張新鮮的給我就好。」說完，歐陽春轉身入殿，見了慧海，彼此敘舊後，就在東廂房住下。晚上暗暗與龍濤相會，但尚未見花蝴蝶蹤影。

這一天，歐陽春正與慧海方丈下棋時，進來一位貴公子，衣服華美，長得英挺俊秀，眉眼間卻露出凶光。看是武生，姓胡，給了五錠銀子說要在西廂房暫住。歐陽春抬頭仔細打量，暗想：「可惜了這等人才！眼神不正，面相不善，印堂帶煞。」

正想著時，馮七走進來，跟廟裡的小和尚說要找賣煎餅的王二，歐陽春見到他，下完棋後佯裝到廟外散步，就看見龍濤與馮七正在談話。歐陽春問馮七，為何此時才到？馮七說：「我離開茉花村後，第三天就遇見花蝴蝶，這傢伙走走停停，我一路跟蹤，所以遲了幾天。現在他也來廟裡了。」

歐陽春說：「難道剛剛那位貴公子就是他？」馮七回答：「正是。」歐陽春恍然大悟：「怪不得我說這好

好的人，怎有這樣的眼神，原來是他呀！說是姓胡，其中暗指蝴蝶呢！只是他為何來此？」馮七道：「昨夜在店裡，他跟店小二打聽小丹村，不知是什麼意思。」歐陽春又問起韓彰、蔣平。馮七答：「應該快到了。」

入夜以後，歐陽春房裡不點燈，暗暗觀察西廂房動靜，只見門縫裡閃出一道人影，腳尖滑地，身手伶俐，輕巧的溜往後院，歐陽春悄悄跟著。看見黑影又爬上牆頭，瞬間就不見蹤影。沒多久龍濤和馮七都趕來了，三個人怎麼樣也找不到花蝴蝶去了哪裡。歐陽春要馮七躲在樹上，龍濤埋伏在牆根，自己則隱身牆內，準備內外夾攻，可是枯等了一夜，卻不見花蝴蝶回來。

七俠五義

第十六章　險盜珠燈　花蝶被擒

　　歐陽春、龍濤和馮七為了擒拿花蝴蝶，埋伏一夜，卻苦等不到。三個人悶悶的回到西廂房，裡面空無一人，只有一個包著花氅、官靴和頭巾的小包袱，於是找來慧海方丈，一五一十說明清楚。

　　歐陽春問：「這附近聽說有個小丹村，可有鄉紳地主或尼姑庵、酒樓之類的地方？」

　　「那不過是個小村莊，倒是有個告老還鄉的勾鄉官，為老母親蓋了座雕梁畫棟的佛樓，不僅壯觀，單單是那珠海寶燈就已經價值連城。那寶燈是用珍珠攢成纓絡，每一排都鑲著寶石，可說是無價之寶。」歐陽春一聽，想到花蝴蝶四處打聽小丹村，莫非別有企圖？於是叫馮七去打探消息，這時韓彰也先趕來會合，帶來消息說蔣平隨後就到。

　　沒多久，馮七從小丹村回來，說道：「歐陽大俠料事如神，這花蝴蝶果然上小丹村了，只是不知被誰拿住，連傷兩命，後來又逃脫了。清晨勾鄉官已經報官

處理了。」大家聽了，也理不出個頭緒，就等蔣平也來會合後再商議。

原來花蝴蝶有意投靠鄧家堡的神手大聖鄧車，忽然想到他的壽辰將近，所以想要竊取珠海寶燈作為賀禮。當天夜裡，離開河神廟，就直奔小丹村。一到佛樓上，誰料這寶燈早安了機關，寶燈繫在香爐下，當花蝴蝶挪動鎖鍊時，鼎爐竟然跑到佛龕裡，桌上的窟窿探出兩把撓鉤，就扣住花蝴蝶的肩膀了。只聽樓下鈴鐺亂響，眾家丁上來將他擒縛住，等著清晨再回報勾鄉官。哪知當天夜裡，來了一個自稱病太歲張華的，把花蝴蝶救走不說，還連殺兩名看守的更夫，之後就逃往鄧家堡了。

蔣平聽完，說：「既然傳說花蝴蝶投靠鄧車，那小弟就到鄧家堡去打聽，如果天黑小弟尚未回來，還請哥哥趕到一趟。」說完，蔣平仍是道士打扮，來到鄧家堡。

這天是鄧車生日，蔣平在門外徘徊，恰好鄧車送病太歲張華出來，鄧車說：「就勞煩張兄送個信了。果真如花蝴蝶所說，霸王莊馬強和襄陽王交往親密，倒是希望一同前往為馬強效力。」

花蝴蝶這時走出來，一眼看見蔣平，覺得很眼熟，

七俠五義

便叫僕役將蔣平喚進來，他問蔣平：「你是從小出家或半路出家？還是假扮成道士，有什麼企圖？快快老實說來！」鄧車疑惑的問：「賢弟為何如此問？」

花蝴蝶恨恨的說：「前些日子，我在鐵嶺觀被暗算險些喪命，月光下雖看不真切，但他身材瘦小腳步伶俐，與這道士相似，我倒要問清楚。」

蔣平回答，自己是家境貧寒才半路出家，只是指望可以算命弄幾個錢吃飯。

花蝴蝶又搜他包袱，翻出一枚鋼刺，便對鄧車道：「如何？果真是行刺我的人吧？得好好拷問他，看他受誰指使，為何與我們作對？」說完，提起枯藤鞭子，猛力抽打，打得蔣平傷痕纍纍。

花蝴蝶厲聲問：「你還不實說？」蔣平回說：「出家人並無庵觀寺院，這鋼刺只是個防身傢伙！」鄧車也要為他說話，但花蝴蝶回答：「大哥，就讓小弟好好拷問。」於是令家僕將蔣平帶到另一處，又是一陣毒打，後來蔣平乾脆悶不吭聲不再辯解。

旁邊的人偷偷回報鄧車，說道士被打得不說話了。鄧車趕來一看，心裡暗自嘀咕，嘴

裡仍是笑笑的說：「賢弟，該歇歇了，今天是在下生辰，就別耽誤咱們的壽酒啦！」

花蝴蝶一聽，才放下皮鞭，跟著鄧車往後面去。旁邊的僕役悄悄端了一碗熱酒給蔣平，餵他喝下，他才稍稍喘口氣。眼看天色已暗，僕役們猜他也走不了，將門倒扣後便離去。

歐陽春與韓彰正在屋頂張望著，聽僕役喊餓，又看見他們往後面走去，就迅速下屋，將蔣平身上綑綁的繩索挑開，蔣平細聲道：「我四肢還有些麻，得把我背去安置妥當之處。」

歐陽春立刻將他背起，穿過夾道，走出角門，來到花園看見一個葡萄架，便說道：「四弟，先在這架上歇歇吧。」用雙手將蔣平托起，安放妥當後，轉身就從背後皮鞘抽出寶刀，直奔前廳。

看守的僕役回來一見蔣平失蹤，急得趕緊回報。花蝴蝶拿著利刀，鄧車摘下鐵彈弓，掛上鐵彈子袋，

七俠五義

剛出廳門就看見歐陽春迎面而來。

鄧車手一揚，「颼」就是一彈，歐陽春舉刀招架，只聽「噹」一聲，彈子落地。鄧車連發幾彈都落空，花蝴蝶正想跨步向前，突然覺得腦門後有風，一回頭，只見韓彰舉起亮晃晃的鋼刀直劈下來，身子一閃，舉刀迎去，「喀噹」一聲，刀已飛落在地。

花蝴蝶嚇得魂飛魄散，伏身奔出角門，往花園跑去。一到葡萄架下，便找個隱密的地方蹲下來。此時躺在上頭的蔣平看到花蝴蝶狼狽的模樣，心想：「何不砸他一下出出氣？」於是，蜷起雙腿，抱緊雙肩，往下一翻，正好砸在花蝴蝶身上，把花蝴蝶砸得眼冒金星，以為中了埋伏，挺起身體趕緊往牆頭跑去。

這時，韓彰從前廳追來，花蝴蝶一縱身，跳上牆頭，躲過韓彰數刀，便又繼續往東邊狂奔。

「往哪裡逃？龍濤在此。」花蝴蝶背後忽然有人高喊，「颼」的又是一刀。花蝴蝶轉身往西跑，西邊早有韓彰攔住。花蝴蝶只得逃到板橋上來，才剛到橋中央，就被人攔腰抱住，嚷道：「小子，你不洗澡嗎？」卻是蔣平拉著他一起滾落橋下。花蝴蝶不會游泳，被蔣平掐住脖子，連喝幾口水，一下子就不省人事。一會兒，其他人趕到，蔣平托起花蝴蝶，交給龍濤與馮

七將他綑綁。韓彰又翻身跳入牆內，接應歐陽春。

同一時間，鄧車已經將鐵彈子打光，見歐陽春還不退，心裡正發慌。

韓彰趕到，嚷著：「花蝴蝶已經被擒，看你有多大本領！」鄧車不敢抵擋，縱身一跳，從屋頂逃走了，歐陽春也不追趕。

龍濤背著花蝴蝶，蔣平、馮七在後，一起走進前廳，才放下花蝴蝶。蔣平直說：「好冷！好冷！」韓彰提來一包衣服給蔣平換下，馮七從廚房裡搬來柴炭，眾人生火取暖，也給花蝴蝶換下溼衣服，免得天寒將他凍死了。這時，大家頓覺飢腸轆轆，看見鄧車原本準備的酒宴，就坐下痛快的吃喝起來。

花蝴蝶在一旁呻吟不已，蔣平斟了一碗熱酒，端到他面前說：「姓花的，你喝下這熱酒，暖暖肚子，現在呻吟也沒用，你玷汙婦女名節，作惡多端，人人咬牙切齒，我們打抱不平，前來擒拿你，我是混江鼠蔣平。大丈夫敢做要敢當，明天將你押解到縣衙，完結勾鄉官家殺死更夫一案，再將你解赴東京開封府，你可要老老實實的認罪。」花蝴蝶聽了，心知難逃，低頭不語。

天色漸亮，歐陽春說：「此事完結我還要回茉花

村。因雙俠令妹與展昭將成婚，面懇再至，所以我必須回去。」

沒多久，縣府派了差役，與馮七一道押解花蝴蝶，蔣平、韓彰亦同到縣府。鄧車則是悄悄回家，聽說花蝴蝶被擒，他恐官司牽連，急忙收拾，投奔霸王莊。

蔣平、韓彰同到縣府後，將開封府的印票拿出，差遣僕役幫忙押解花蝴蝶到東京。

包公一見韓彰，非常歡喜。盧方、徐慶、白玉堂、展昭都出來迎接韓彰。開封府裡，結義弟兄相聚，歡喜無限。不久，包公升堂審問，花蝴蝶一一招認，被判刑處決。隔天包公上朝，將經過情形上報，仁宗皇帝立即召見韓彰，也封他為校尉。

第十七章 太守遇難 勇擒霸王

　　歐陽春到茉花村後，逗留多日，不久即向丁兆蘭、丁兆蕙告辭，準備前往杭州遊歷。一路上就聽路人傳說：「太好了！杭州太守換了，我們也可以申冤了。」

　　一問之下，才知是杭州太守出缺，仁宗皇帝即欽派新中榜眼的倪繼祖。倪繼祖剛上任，就收到許多狀子，多半是告霸王莊馬強的。倪太守心裡想：「馬強是誰？有何倚仗的，竟敢為所欲為？」

　　原來，馬強就是剛被妖精取首級的馬剛之弟，仗恃著叔父馬朝賢在朝廷當總管，就在鄉里間霸占田產，搶掠婦女，家裡還蓋了招賢館。宣稱是招納各地的英雄豪傑，雖有不少的無賴流氓聚集在那裡，但還是有一二真豪傑之士。比較知名的就是黑妖狐智化、小諸葛沈仲元、神手大聖鄧車、病太歲張華、賽方朔方貂，其他多半是無名小輩，唯獨一個小俠艾虎，年方十四，心高志大，氣度不凡，原是在招賢館裡當個跑腿的，他看這些人當中，就屬智化算是個豪傑，於是就拜智

化為師，也練了一身好武藝。他常悄悄勸智化：「您老人家大可不必勸馬員外，不僅白費唇舌，還招惹那些人背地抱怨。」智化卻總是回道：「你莫多言，我自有道理。」

這日，馬強打發馬勇前去討債。馬勇回報：「這翟九成家道艱難，分文皆無。」一眼瞧見馬強怒目圓睜，立刻接著說：「員外別生氣！這翟九成家裡有個外孫女，名叫錦娘，年方十七，可說如花似玉，獨一無二啊！」馬強聽得心花怒放，立即派八名惡奴，隨馬勇到翟九成家中，將錦娘搶來。馬強一見這娉婷女子，涎著色瞇瞇的嘴臉道：「別啼哭了！妳若好好依我，包管妳享不盡的榮華富貴！」錦娘怒斥：「你這強賊，無故搶掠良家女子，今日我只有一死罷了！」說著從袖裡拿出剪子，直奔馬強，馬強身子一閃，剪子扎到椅背。馬強「唉呀」一聲，怒道：「妳這不識抬舉的賤人！」吩咐人將她押入地牢。

翟九成見錦娘被搶，急得嚎啕不止，又發現剪子不見，知道錦娘必定以死相拚，流淚走出屋外，見路旁有株柳樹，心想不如一死了之。當他解下絲絛，準備自縊時，忽有人出聲制止。

原來正是剛到杭州的歐陽春。歐陽春勸說他到開

封府告馬強，並取出銀
兩要資助旅費，此
時不遠處忽有一
人，手提馬鞭道：
「新任太守極其清
廉，何不前往告狀？
我家主人與衙中熟
識，坐在林下的便

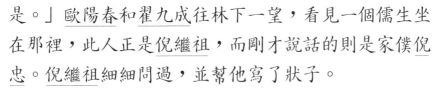

是。」歐陽春和翟九成往林下一望，看見一個儒生坐
在那裡，此人正是倪繼祖，而剛才說話的則是家僕倪
忠。倪繼祖細細問過，並幫他寫了狀子。

　　翟九成歡天喜地返家後，隔天一早，正準備動身
到衙府時，又撞見馬強。馬強連聲喊拿，拉扯之間，
露出懷中的狀子，惡賊一看，心想：「好厲害的狀子，
倒要看看是何人所寫？」正吩咐惡奴將翟九成帶走時，
只見遠處來了個騎馬的相公，相貌斯文，身旁跟著一
名老僕，正是倪氏主僕二人。馬強心裡有些疑惑，問
道：「尊兄可是進香的？」倪繼祖順口答：「正是，請
問足下何人？」惡賊道：「小弟姓馬，小弟許下心願，
凡是進香者，必邀請到莊中奉茶，一片善心。」說完
強行牽住嚼環，拉了就走。倪繼祖心裡暗道：「我正要

147

探訪，沒想到今日就遇到了，恐怕他心懷不軌。」

馬強一進霸王莊裡，氣憤地將狀子遞給智化，說明原委。沒多久，倪繼祖被帶進廳房時，見中間廊下，懸一匾額「招賢館」，馬強坐在上位，兩旁坐的許多人物乍看之下俱非善類。

小諸葛沈仲元先問了幾句，剛要請倪繼祖進書房時，不巧遇見莊裡主管姚成，他剛自府城打聽消息回來，進門就對倪繼祖的老僕人瞧了又瞧，似乎覺得面熟。一到廳上，姚成立刻稟報馬強，說果然欽派倪繼祖做了太守，又悄聲說：「員外，我認得那老僕，是倪家莊的倪忠。」沈仲元在一旁，恍然大悟：「不好了，員外現在可把太守騙來啦！倪忠的主人就是太守倪繼祖。」

眾人七嘴八舌，沈仲元提議，趁著夜靜更深，請倪繼祖至大廳，大家以禮懇求，請他分析案中情節，他若順應人情，員外就多加餽贈，向他要張印信說明此事原委，讓他光榮回衙署，以後也沒人敢再告狀；若他不應人情，只好殺掉他，然後到襄陽王那裡共同舉事稱王。智化聽完連連附和說好。於是馬強命人將倪繼祖主僕

關進地牢裡。

入夜，馬強與夫人郭氏對飲，郭氏即郭槐的姪女，兩人談論此事，沒想到被心腹丫鬟朱絳貞聽見，她原本也是被擄來的良家女子，父親被馬強証陷入獄，此時聽到倪繼祖之事，心想：「我自己被擄，父親遭冤已半年，或許這新任太守可以為我們平反。」於是偷偷取了鎖匙，到地牢將倪氏主僕放了。倪繼祖主僕沒想到竟能獲救，審慎記下朱絳貞的冤屈，在暗夜裡速速奔逃而去。

未料才逃了不遠，又發現人馬奔嘶，遠處一片火光燎亮，倪忠道：「不好！有人追來，老爺且自逃生，老奴迎向前以死相拚。」說罷往東直奔火光。但火光處竟逐漸遠離，倪忠氣喘吁吁返回想尋太守，正遍尋不著，卻巧遇北俠歐陽春。

原來倪繼祖沿小路直奔時，竟逃向馬強搜捕人馬，於是再度被帶回霸王莊。郭氏發現倪忠逃走，只冷笑：「員外可得防著官司，這僕人逃走，不是上告就是調兵，那些巡檢守備聽說太守被擒，必定向我們要人！闖的亂子不小呢！」馬強聽了急得如熱鍋上的螞蟻般。眾人獻計，說不如將倪繼祖殺了，縱有官兵，只要矢口否認即可，屆時再同上襄陽，豈不妙哉？馬強聽了，

頓時豪氣沖天，命令馬勇到地牢去殺太守，黑妖狐智化聽了，自動說要前往協助。

一進地牢，智化對奴僕道：「咱們奉員外命令前來看守，你們去休息吧！」奴僕聽了，歡喜得一哄而散。趁著無人看守，智化拿了刀，順手就將馬勇殺了，提了屍首到後園，摺入井內。當他再回到地牢時，卻猛然發現倪太守又不見了，猜想應該還未逃遠，於是躍出莊外細看，見有個黑影跑進樹林，便緊追在後。

一進入林中，突然聽見有人輕喊：「智賢弟，我在這裡。」智化抬頭一看，竟是舊識歐陽春，他驚喜地說：「原來是歐陽兄啊！太守在哪裡？」歐陽春帶他到樹下會見剛被救出的倪繼祖。三人商議明天二更捉拿馬強，智化當作內應。

然而倪繼祖因連夜奔波勞累，已是筋疲力盡，再也走不動了。這時，突然聽見一陣達達的馬蹄聲接近，從馬背上翻下一個少年，輕聲說道：「師父，弟子已經將太守的馬偷回來。」歐陽春很驚訝，這小孩反應如此聰穎，思慮如此周全，心裡極為讚賞，問：「這孩子何許人？」智化道：「是小弟的徒兒艾虎，機伶敏捷，膽識頗佳。」

七俠五義

之後商議已定，由歐陽春先送太守回衙門，並請

太守派二十名捕快，傍晚時分在霸王莊南方二里的瘟神廟會合，一起捉拿馬強。

路上智化問艾虎：「你怎知盜馬來？」艾虎道：「我暗地跟您老到地牢，見您殺了馬勇，就知道要救太守，弟子想太守溫文儒雅，一路奔逃必定體力不濟，所以就暗暗備馬來了。」智化說：「你還不知呢！太守還是你歐陽伯父救的呢！」艾虎接著道：「可惜黑暗中未能瞧見歐陽伯父的模樣！」智化悄悄說：「別忙！明晚他還來呢！」

馬強坐在廳裡，遲遲未見馬勇回報，心裡開始不安，暗想：「馬勇想必是殺了太守後，害怕逃走了。」心裡又擔心官兵前來要人，未免提心吊膽，便命令家僕備妥酒席，在招賢館大家聚飲解悶。

周圍的無賴流氓知道馬強憂心的事，不斷的奉承、勸酒，搶著巴結：「今日白等一天了，想那老頭子倪忠連嚇帶累，準死無疑了吧！」哄得馬強心花怒放，喝得醉醺醺的。

當晚，馬強和夫人郭氏到後院進房休息時，忽然從軟簾後走出一位碧眼大漢，手握亮晃晃鋼刀，兩人一看，嚇得全身酥軟，跪倒在地求饒。歐陽春割下簾帳的絲縧，將兩人綑綁，並用布團塞住他們的嘴。拍

掌幾聲作暗號，埋伏的捕快登時全擁進來，歐陽春吩咐他們好好看守馬強夫婦。丫鬟見馬強夫婦都被細綁在地，嚇得到招賢館請人來救。

　　過沒多久，神手大聖鄧車、病太歲張華帶著多名惡漢衝進來，一看歐陽春手握鋼刀，擋在儀門口，誰也不敢亂動。鄧車率先打破沉默發出鐵彈子，歐陽春鋼刀一揮，「噹」就把彈子打飛，彈到其他惡漢。頓時間，只見歐陽春刀影連續揮舞著，彈子四散，噹噹作響。

　　張華在旁觀望，以為歐陽春孤身一人好欺負，從側邊舉刀劈去，歐陽春早已提防，猛力一削，張華的刀瞬間飛去半截，惡漢們看得臉色發白，紛紛逃回招賢館。

　　這時，智化與艾虎師徒二人在招賢館高處觀察，見眾人一哄而散時，才從房上躍下。智化道：「郭氏並無大罪，單拿這惡賊即可。」歐陽春點頭稱是。於是智化與艾虎、歐陽春和捕快一行人押著馬強離開霸王莊。

　　一路上，歐陽春見艾虎少年英氣，聰明伶俐，心裡歡喜不已，又聽見艾虎從小無父無母，心裡更加憐愛，轉身對智化說：「艾虎很惹人疼愛，我想認他作義

子，你認為呢？」

智化還來不及表示意見，艾虎立即拜倒在歐陽春跟前，說：「爹爹在上，請受孩兒一拜。」

歐陽春道：「就是認作父子也要按照規矩，不能如此草率！」

「怎麼會草率？只要真心誠意，就比那繁文縟節強多了。」歐陽春、智化聽了艾虎這番話，俱領首稱是。

三人快步趕上眾人，在縣衙前，智化與艾虎表明即將前往茉花村拜會丁氏雙俠，並邀歐陽春一同前往。

歐陽春道：「我剛去過茉花村，原本要到杭州遊玩，遇到這些惡霸滋事耽誤了，如今禍首雖已擒獲，尚有招賢館餘黨未除，我就先留在此地觀察，後會有期。」於是智化與歐陽春執手告別，艾虎儘管依依不捨，卻也莫可奈何，跟著師父離去。

七俠五義

第十八章　惡盜嫁禍　緝拿北俠

　　招賢館的無賴流氓在馬強被擒後，先靜靜觀察一陣，接著便暗中商議投奔襄陽王趙爵。因為少了盤纏旅費，眾人交頭接耳商議了一陣，接著先走出招賢館，再威風凜凜闖入馬強宅內，大聲嚷著：「北俠歐陽春在此！現在正帶領差役向馬強討回公道。馬賊人平日魚肉人民，刻薄成家，現就搶他的家產洩憤！」說到「搶」，一起衝入館內大肆搜刮。

　　房裡剛掙脫兩手束縛的郭氏，聽了早已嚇得魂飛魄散，不敢出聲。等到嘈雜聲散去，才躡手躡腳走出來，發現金銀珠寶早就不見了。郭氏趕緊寫了清單，呈報衙門，另一方面也派人到東京，報告馬朝賢。

　　馬強被擒至縣衙不久，倪繼祖就接獲京城發下的文書，說馬強家的僕役進衙控告倪繼祖勾結北俠盜匪，搶奪財物，詐害良民，因此必須暫時解除職務，進京備質。倪太守遵旨一邊辦理公務移交後，一邊備齊百姓遞交的狀子，就派差役押解馬強到掌管重大刑獄的

中央審判機關大理寺偵訊，自己也一同赴京備質。

　　大理寺中，負責審理的文彥博先將馬強帶來審問。由於馬強事前已經收到馬朝賢指示，一味狡辯倪繼祖勾結北俠搶劫，殘害百姓。文彥博問了倪繼祖案情始末，又反覆看了百姓的狀子，雖然知道倪繼祖可能有冤，但是由於馬強始終強辯，也苦無證據定罪。

　　文彥博眼見問不出實情，暗想：「北俠打劫一事真假難辨，須叫此人到案說明。」便差人問倪繼祖：「北俠是誰？」倪繼祖道：「北俠歐陽春因為行俠仗義，大家稱為北俠，就和展護衛有南俠之稱一樣。」

　　「如此說來，這北俠應不是打家劫舍的大盜，必須叫他親自到案說明，他現在人在哪裡？」

　　「應該還在杭州。」倪繼祖想起歐陽春離開縣衙時說的話。

隔天文彥博將膠著的案情一五一十上奏，仁宗皇帝聽完立刻派白玉堂捉拿歐陽春。

　　白玉堂前往杭州前，眾英雄為他餞行。蔣平好意提醒：「五弟，你到杭州時，先與官府打聲招呼，說明你雖然是奉旨，但是道義相通，並不願意捉拿他，只是特地請他到京城一趟，協助釐清案情，要他們照你的話發公告。如果北俠在杭州，見了告示必定出面與你前來，否則北俠若不肯來，就麻煩了。」盧方也提醒，北俠為人敦厚正直，務必依蔣平建議好好辦理。

　　白玉堂雖是滿口答應，但是一到杭州，租了寓所，卻未先去官府報到，反而打扮成秀才模樣四處查訪，一連幾天，毫無消息。沒想到一日偶然在慧海妙蓮庵躲雨的因緣，竟然就巧遇歐陽春。白玉堂心想：離開庵廟再捉拿不遲。於是便邀歐陽春到自己的住處，歐陽春欣然同意。

　　兩人邊走邊聊，歐陽春問：「你這次為何事前來？」

　　白玉堂道：「還不是為了歐陽兄。」

　　歐陽春很是疑惑，白玉堂便將馬強在大理寺的指控告訴他，接著說：「我是奉旨前來捉拿歐陽兄的。」

　　歐陽春聽他口氣狂妄，心裡很不高興，又試探道：

「那麼，請問欽命老爺，歐陽春當如何進京？乞求明示。」沒想到白玉堂聽不出他話中之意，仗著自己的武藝，便目中無人，答道：「那就請你委屈一下，跟我回京城去吧！」歐陽春聽了，想給他一點教訓，於是故意挑釁，冷笑道：「我歐陽春在江湖上也算小有名氣，就這樣束手就擒，豈不遭人恥笑？」

「看來你不肯好好跟我上京城，非得較量高下不可？那就不要怪我不客氣！」白玉堂大聲斥喝。

「正想要領教領教！」歐陽春不甘示弱的回道。

白玉堂脫下花氅、頭巾與紅鞋，拉開架式，左一拳、右一腳不停進攻。歐陽春一邊從容不迫的防守，一邊看白玉堂的攻勢，心想：「我已讓他，他卻不斷逼近，看來不給他點顏色瞧瞧不行！」

這時，白玉堂跨步向前，迎面就是一拳，歐陽春看準時間差側身避開，兩指對準白玉堂腋下，輕輕一點，白玉堂倒抽一口氣，頓時經絡閉塞，呼吸不通，張開嘴巴說不出話，眼前直冒金星。歐陽春擔心自己用力過猛傷了他，往他後心拍了一掌，解開穴道，白玉堂這才喘過氣來。

歐陽春道：「恕我莽撞，老弟不要見怪。」白玉堂臉一沉，轉身揚長而去。

白玉堂回到住處，哀怨的說：「唉，算了。我終究是個敗將，有何顏面回京城？實在後悔沒聽四哥的勸告。」說完解開腰帶，踩上椅子，在梁上繫了繩套，打算自盡。沒想到脖子才剛一伸，繩結就鬆了，才剛結好，又再鬆開，他不信邪，又綁一次，還是一樣，心想：「難道是我白玉堂命不該絕？」忽覺身後有人往自己肩膀上一拍。

「老弟，你太傻了。」

白玉堂回頭一看，竟然是歐陽春，手中還捧著自己的花鏢、紅鞋，不禁羞得面紅耳赤，暗想：「他何時進來，我竟然毫無察覺？這人的武藝比我高出太多了。」

「我想你年少氣傲，擔心你鑽牛角尖，就悄悄跟著你回來，沒想到你竟然為這小事尋短。你真不想活命，咱們就一起死吧！」

白玉堂道：「我死我的，干你什麼事？」

歐陽春回答：「老弟，你想想，你若死了，我怎對得起你的四位兄長？又如何見南俠與開封府的朋友？只好和你一塊兒死了。」

白玉堂一聽，慚愧得低下頭，不說話。歐陽春連忙拉著白玉堂坐下來，說：「剛才比劃的事，我只是跟

你鬧著玩，又沒人看見，怎麼如此想不開？撇開比武的事不說，你要我跟你去開封府，總該商量商量，你只顧你臉上有光彩，可曾想過我的處境？」

「歐陽兄認為怎麼做比較好？」白玉堂耳根一熱，有些難為情。

歐陽春道：「我倒有兩全其美之計，你何不到茉花村請丁氏兄弟出面協調？這樣你既不會被人恥笑無能，我也免於被捉拿的難堪，對大家都好。你認為呢？」

白玉堂是聰明人，聽完歐陽春的建議，趕緊道謝：「多謝歐陽兄指教，小弟年幼無知，還請歐陽兄原諒。」

「話已經說清楚，我就不久留了。」歐陽春說完，一轉身就不見蹤影。

白玉堂想：「北俠武功高強，為人和藹，剛剛提的主意可說是萬全之計，比四哥說的方法高明多了，難怪展兄與大哥經常誇讚他。」

隔天一早，白玉堂來到茉花村丁家。大家坐定後，丁兆蕙調侃著：「今日哪來的香風把護衛老爺吹來啦？」

白玉堂頓時紅了臉，丁兆蘭瞅了丁兆蕙一眼說：「老二，大家好久不見，要說些正經事，別在那裡挖

七俠五義

苦人家。」白玉堂不好意思的說明自己奉旨抓人，和歐陽春比武後的經過。

丁兆蕙假裝很詫異的說：「我不信你會被打敗！」

白玉堂道：「小弟確實是北俠的手下敗將，今日前來，就是商請兩位兄臺出面，幫我請來歐陽大俠，若他肯隨小弟上京，小弟感激不盡！」

丁兆蕙見他一掃昔日驕傲自大的態度，誠懇承認自己武藝不精，連連讚賞：「好兄弟，我服了你！」接著轉身高聲道：「歐陽兄，不必躲了，請過來見面吧！」這時從屏風後走出三個人，走在前面的是歐陽春，身後是一個年約三十歲的漢子和一個小孩。

白玉堂連忙起身，問：「歐陽兄幾時到的？」

「昨晚才到。」

「請問這兩位是……」

丁兆蕙轉身介紹，說：「這位是智化，綽號黑妖狐，智化的父親是家父同僚，也是好友。」

智化指著小孩，說：「這是小徒艾虎。徒兒，快來見過白五叔。」艾虎趕緊過來行禮。白玉堂見他靈巧聰穎，誇獎一番。

大家在廳裡依次坐下，開懷暢飲。隔天一早，歐陽春就與白玉堂一同前往京城。

七俠五義

第十九章 智定謀略 老僕變裝

丁家兄弟和智化師徒送走兩人之後，坐在大廳談論，提到像倪太守、歐陽春這樣的忠臣義士也遭到誣陷，都忍不住唉聲嘆氣。

智化說：「全都是馬朝賢叔姪，非得要將他們一網打盡才可！」

丁兆蕙說：「智兄有沒有什麼妙計？」

「當初我到霸王莊，是為了查看馬強的舉動；因為他巴結襄陽王，圖謀不軌，現在鬧到這地步，咱們正好可藉此為國除害。不過話雖這麼說，這項計謀也沒這麼簡單，目前就有四件困難的事……」

丁兆蘭問：「哪四件？」

「第一，要盜皇室的寶物，這包在我身上；第二，要各有一位老頭和小孩跟我一起去；第三，必須找人將寶物送進馬強家的佛樓內作贓物……」

丁兆蘭聽了，插嘴說：「第三件交給小弟。第四件又是什麼呢？」

智化說：「只有第四件最難，必須要有知道根柢的人前去報案，而且還必須去開封府報案。別的事情都好說，只有這第四件事是成敗的關鍵；萬一出錯，全盤落空，因此，可以擔當這件事情的人可真難找啊！」智化嘴裡這麼說，眼睛瞟著艾虎。

「這第四件事，就讓徒兒去吧！」艾虎躍躍欲試。

智化眼睛一瞪，說：「你一個小孩子懂什麼？哪裡做得了這種事？」

「依徒兒推測，此事非得讓徒兒去辦不可，因為有三個好處。」

丁兆蘭聽他這麼說，反倒覺得很有趣，便問：「你說說看，有哪三個好處？」

「第一，我從小就到霸王莊，大大小小的事都清楚。三年前馬朝賢告假回來一次，那時，連師父都還沒到霸王莊呢！如果盜了寶物，就說是三年前馬朝賢帶回來的，人家就會相信了；第二，俗語說：『小孩嘴裡討實話。』我到開封府報案，別人一定會覺得，這麼一件大事，小孩敢出來作證，

必定是千真萬確；第三，事情若成功了，除了可以報答師父教誨之恩，還可在歷史上留個名兒。這樣，不就有三個好處了？」

「沒想到你小小年紀就有如此遠大的志向！」丁家兄弟拍手叫好。

智化說：「二位先別誇他，說不定到了開封府，見了威嚴整肅的情形就嚇破膽耽誤大事呢！」

「師父先別看輕徒兒，就是上刀山、下油鍋，徒兒也會救出忠臣義士。」艾虎堅毅的神情，讓智化露出欣慰的笑容。

智化叫丁兆蘭準備獨輪車一輛、兩個大蓆簍子、大小兩份破舊被褥、鐵鍋勺碟、黃磁大碗、粗碟子各幾個、幾件破舊衣服，並問起老頭和小孩的人選。他解釋：「我計畫盜取九龍珍珠冠，這是皇族的傳家寶，平常由馬朝賢負責管理。我和老頭、小孩會假扮成逃荒的難民，到京城盜取皇冠後，就把它裝在蓆簍子偷偷帶回來。請兩位賢弟想想，有沒有吃得了苦的老頭和小孩？」

「家裡有個六十多歲的老管家裴福，有膽識又能吃苦，為人正直無私，不過得先好好說明，讓他知道忠良被陷害，他必定願意協助剷除奸臣。他的孫女英

姐今年九歲，長得聰明伶俐，他們應可勝任這兩個角色。」丁兆蘭靈機一動，立即回應。

商議妥當，隔天三人一早就起身，搭船一路過了長江，到河南邊界上岸。由智化、裴福一前一後推著獨輪車前進，英姐則乖乖坐在蓆簍上。走到熱鬧市鎮時，便將獨輪車停下來，哀求著乞討。

裴福蹲在路邊哭著說：「諸位大爺，可憐可憐我們吧！」

英姐也坐在車上哭嚷：「好餓好餓啊！兩天沒吃東西啦！」三人就這樣走走停停，在黃昏時進了京城。

才停下車子，就有衙門官差趕他們：「老頭兒，這車子趁早推走。」

另一官差見他們祖孫三人可憐，就說：「老丈人，你就推到鼓樓後面那個黃亭子去吧。」眼見天色不早，智化安頓好祖孫，四下觀望後，就拿了被褥躺在臺階上。

隔天清晨，天才剛亮，智化看見一群人擔著鐵鍬、鋤頭和籮筐，有說有笑的走過去，趕緊追著要錢。

起先眾人並不理會這個討飯的，見他沒有放棄的意思，隊伍中開始有人說：

「大清早的，也不看看我們會是有錢人嗎？」

七俠五義

「明明是個活蹦亂跳的小伙子，幹嘛跟人要錢？」

這時有人問智化：「伙計，你姓什麼？我叫王大，是這裡的工頭，正要帶人進皇家內苑挖御河。你這樣子怪可憐的，怎不和咱們一起去做活兒？一天三頓飯，額外還有六十錢，你願不願意去？」

旁邊的裴福一聽，衝過來說：「咱也姓王，不管有錢沒錢，只要咱兒吃飽就成了。」王大笑了笑表示，「工錢是絕對少不了的。」智化於是跟著工頭去了。

來到皇家內苑，王工頭遞給他腰牌，註了人數，按名點進。到了御河旁，大家分班依序做活兒，智化身材壯碩，拿著鐵鍬，鏟得比人多，擲得比人遠，做得特別賣力，趁著休息沒人注意時，便仔細觀察皇家內苑。

隔天，智化同樣跟著進宮挖御河。中午休息吃飯時，他還沒想出怎麼進庫房，卻被一陣嘈雜喧嘩的聲音打斷了思緒。走近一看，一群人正抬頭往上瞧，原來是一隻脖子上戴著鎖鍊的小猴子，正在樹上蹦蹦跳跳。

兩個太監站在樹下，急得跳腳：「糟啦！糟啦！這該如何是好？」

智化靈機一動，便順口說：「那有什麼呢？爬上去

就抓下來啦！」

太監一聽，趕緊央求智化：「伙計，那你就做做好事，趕緊上去抓吧！」

「話先說在前頭，爬上去不一定抓得到，若抓不到可別怪我。」

「你儘管上去，沒抓到絕不怪你。」太監說。

智化於是光著腳，雙手摟著樹幹，兩腿用力蹬著，活像隻猴子上了樹。猴子看見有人上來，輕巧跳上了樹梢。智化爬到斜枝幹上假裝休息，眼裡四處探望，一邊喘著氣，一邊慢慢抬起腳，勾住猴子脖子垂下的鎖鍊，再把頭上的帽子摘下來。接著腳趾一縮，往下一扯，猴子就掉進帽子裡了。

智化連忙用帽子將猴子包著，用鎖鍊綑好，然後銜在口裡，慢慢滑下來。樹下看的人，全都大聲喝采。找回小猴子，兩個太監都很高興，賞給智化兩個元寶。

隔天，其中一位太監捧著一盒外形做成蟠桃的點心盒來找智化，笑嘻嘻的說：「來來來，給你點心嘗嘗。」

點心盒外面纏著金絲，嵌著寶石，看起來小巧可愛。智化打開盒子，裡面都是精緻酥炸的糕點，他看看聞聞，捨不得吃，又把點心放回盒子，說：「這麼好

的東西，我拿回去給爹吃。」

太監誇他有孝心：「你儘管吃吧，我再裝一盒給你帶回去。」便要他拿著點心盒跟他走。

智化跟著太監走過<u>金水橋</u>，一邊說：「好大的廟啊！蓋得雖好，就是少了戲臺。」太監笑著說：「你沒聽過皇家內苑嗎？這就是<u>修文殿</u>啊！」

智化指著高閣，問：「這又是哪裡？」

「這就是<u>耀武樓</u>。另外這邊是庫房。」

「這房子蓋得多好啊！可惜缺了煙囪。」智化一臉土包子的模樣，逗得太監笑得上氣不接下氣，盒子都快拿不穩。

「聽你這樣說，我真是要笑破肚皮啦！你快拿回去吧！咱家也要進宮了。」說完，太監便走另一條路離開了。智化趁機四下張望，研究庫房的位置方向後，才拿著盒子往回走。

第二十章 巧盜御冠 小俠告狀

經過連日的觀察探測，二更一到，智化拎著百寶囊，急奔皇宮內苑。他施展生平武藝，輕移健步，經過之處都一一留下暗記。接著，他用如意絛飛簷走壁來到庫房後坡。他先將瓦隴揭開，按次序排好，扒開灰土，接著用刀子劃開天花板，又從百寶囊中取出連環鋸，鋸下兩根橫梁，再拋出如意絛勾住天花板，順著天花板慢慢溜下去。

庫房裡一片漆黑，智化引著火扇一照，看見一排朱紅色的櫊子，每個櫊門都貼上封皮寫上編號，鎖著鍍金的鎖頭。櫊門上標示「天字第一號」的，就是九龍珍珠冠。

確認目標後，智化伸出舌頭舔溼封皮，慢慢撕下，再掏出皮鑰匙打開櫊門，取出冠盒頂在頭上，兩側用包袱的巾角往自己下巴勒緊固定。關好櫊門並上了鎖後，擔心有手印，又用袖子擦拭。從百寶囊中掏出漿糊黏回封皮，擦去地上的腳印，拽妥如意絛，倒爬上

屋頂。

智化爬上屋頂後，鬆了口氣，慢慢將如意縧收進百寶囊，再用油膏接回橫梁。同樣將瓦隴依序排好，最後掏出小笤帚把灰土掃一掃，絲毫不留下痕跡。

周圍一片安靜。在住處等門的裴福急得坐立難安。忽然瞥見一道影子迅速閃進屋子，智化進屋解開冠盒，裴福趕緊將蓆簟揭開，等冠盒放置妥當後，上面再密密實實的蓋上被褥。

天亮時，王工頭來催智化上工。智化哽咽的說：「爹昨日得了急症，現在已經不省人事，我必須趕緊送他回家鄉。」王工頭愣了一下，但看見智化滿臉哀愁的模樣，也莫可奈何。英姐在一旁，以為祖父真的病了，抽抽搭搭的也哭起來了。

智化推著車子，出城門後，就將裴福叫起來，把英姐抱上車，一帆風順回到鎮江口。遠遠的就看見丁兆蘭、丁兆蕙和艾虎站在大船上招手。

重回到茉花村後，智化問丁兆蕙：「現在該如何將九龍珍珠冠送去霸王莊？」丁兆蕙說：「小弟已經備妥籮筐，一邊放香燭錢糧，一邊放九龍珍珠冠，明天便說奉母命前往中天竺進香，再找機會將九龍珍珠冠放進霸王莊佛樓。」智化聽了，也覺放心。

到了夜靜更深時，智化將九龍珍珠冠請出來供上，大家瞻仰。這頂龍冠是用赤金打造交疊盤旋的龍形，鑲嵌著大大小小的明珠。九條金龍中，前後是臥龍，左右是遊龍，冠頂有四條攪尾龍，捧著一個團龍，周圍珍珠不計其數，其中九顆大珠晶瑩剔透，光芒四射，襯著赤金的明亮，光華灼灼，眾人凝視著眼前稀世珍寶，無不連連讚嘆，嘖嘖稱奇。

天色漸亮，丁兆蕙就帶著家僕，離開茉花村，直奔中天竺。幾天後，丁兆蕙順利回來，眾人急忙詢問經過情形。

丁兆蕙說：「抵達中天竺後，我就住進周老的酒樓。白天進香，到了傍晚，推說身體不適，要早點休息。然後趁機潛進馬強家中。霸王莊家丁眾多，戒備森嚴，我閃過幾道關卡，才進入佛樓。佛堂裡果然有三座極大的佛龕，我將九龍珍珠冠放在中間佛龕，左

邊槅扇的後面，才把黃緞佛簾放下，誰也無法察覺。等一切安頓妥當，才悄悄回到酒樓。清早就假裝病重，叫家僕收拾行李匆匆趕回來。」

艾虎在旁邊聽了，從容的說：「既然丁二叔已將寶冠放好，姪兒也要動身了。」

智化語重心長的說：「徒兒啊！為了替忠臣義士申冤，你丁二叔冒險辦成這些事，你到京城時，如果說話含糊不清，不僅前功盡棄，只怕連忠臣義士的性命也不保了。」

艾虎堅定回答：「師父與兩位叔父放心，我就算丟了性命，也會將事情辦好。」

智化交代：「但願如此。你到京城後，先拿這封信去找你白五叔，他會接應照顧你。」說完從懷裡掏出一封書信，艾虎接了信就出發了。

艾虎到開封府時，並沒有直接去找白玉堂。他走在路上，聽見有人喊著：「太師來了！」心裡想：「真是巧，我何不直接找包大人呢？」於是從人群中鑽出，跪倒在地，嘴裡嚷著：「冤枉啊！冤枉！」

包公聽見有小孩申冤，派人帶他進衙門。張龍問他姓名、年紀，他一一回答，卻不回答要告何人，只是說：「求你讓我見了相爺，我自會稟告。」

公堂上，艾虎說出心中演練已久的說詞：「小的聽人說『知情不報，罪加一等。』因此特別為此事報案。」

包公道：「你慢慢說，說清楚。」

「三年前我們太老爺告假還鄉……」

「你家太老爺是誰？」包公暫時打斷艾虎的思緒，目光犀利的觀察著艾虎。如果他有一絲閃躲或遲疑，就有可能不是真的，這是包公問案多年累積而來的經驗。

只見艾虎毫無懼色，對答如流：「是朝廷總管馬朝賢，也就是我家員外的叔叔。那天太老爺坐轎到府上，叫左右都迴避，那時我年紀小，跟著員外，太老爺並沒避諱，直接從轎裡捧出一個黃色包袱，說：『聖上的九龍珍珠冠，咱家順道帶來了，你好好供在佛樓上，將來襄陽王起義，就把這冠呈上，千萬不可走漏風聲。』我家員外接過，叫我托著上佛樓，那頂皇冠就放在中間佛龕。」

包公一聽，暗暗吃驚，問道：「後來呢？」

「小的聽人說：『知情不報，罪加一等。』但因為沒事，也就始終不敢舉報。到後來，員外被解送進京，又有人說，員外若到京城將三年前的事拉扯出來，我

就是隱匿不報的罪名。因此趕到京城報案，這事就與小的無關。」

包公聽完，沉默一會兒，舉起驚堂木猛力一拍，大聲喝斥：「這麼重要的東西，怎麼可能讓你隨隨便便拿上樓。你受何人指使？敢在此陷害朝中總管。」

艾虎一聽，心中暗想：「包相爺果然斷事如神！」但表面卻故作驚慌的說：「當我沒說、當我沒說，等員外說了我再報案好了。」說完轉身拔腿就要跑，被左右押住跪下。

包公一臉冷峻的說：「你可知本府規矩？凡是以下犯上，要將四肢鍘去，現在你出賣你家員外，照理要鍘去四肢。來人呀！請御刑。」

張龍、趙虎大喝一聲，迅速將艾虎脫去鞋襪，托

起雙腳放在狗頭鍘刀口。包公再問：「你受何人指使？還不快從實招來！」

艾虎眼眶泛紅，苦苦哀求：「小的只是害怕，實在未受何人指使。相爺不信，可以差人去取珠冠，若是沒有，小的甘心受罪。」

包公點頭，要馬漢將他放下，暫時拘留在監牢房裡。白玉堂聽差役說起艾虎告狀的事，替他捏了把冷汗，暗忖他是為倪繼祖和歐陽春而來，內心更加緊張。直到艾虎在堂上一口咬定，毫不遲疑，從鍘口撿回一命時，才稍稍放心。連忙進牢探監，順道塞了十兩銀子給獄卒，請人張羅飯菜。

見了艾虎，白玉堂忍不住悄聲問：「賢姪，你好大膽！竟在開封府故弄玄虛。我問你，這是何人主意？為何賢姪不先來見我？」艾虎將始末述說一遍，回答：「姪兒來時，師父原給姪兒一封信，叫姪兒找白五叔，姪兒心想，恐怕事跡不密，走漏風聲，而且正巧遇見相爺下朝，因此就喊冤了。」說著將信從裡衣裡取出交給白玉堂。

白玉堂看了信，暗自想著：「這明明是艾虎自逞膽量，不肯先投書信，可見心高氣傲呢！」白玉堂怕他誤事，便仔細叮囑一番才離去。

第二十一章 真贓實犯 惡人伏法

　　包公聽完艾虎的呈詞後，沉思良久。隔天，就將
此事啟奏聖上，聖上想起兵部尚書金輝曾經兩次啟奏
皇叔襄陽王意圖謀反。當時自己一怒將他調貶，現在
包公的奏摺又提此事，確實可疑，於是密派陳琳去稽
查。陳琳帶著馬朝賢一同前往庫房，一打開「天字第
一號」的櫥門，裡面居然空無一物，馬朝賢嚇得目瞪
口呆，張著嘴說不出話來。

　　陳琳覆奏後，聖上大怒，下旨捉拿馬朝賢，並派
陳琳審訊。陳琳啟奏：「馬朝賢之姪馬強正在大理寺接
受審訊，馬朝賢監守自盜，馬強必定知情，馬朝賢應
該歸大理寺審訊。」

　　聖上准奏，為了防範其中另有隱情弊案，又派刑
部尚書杜文輝、督察院總憲范仲禹、樞密院掌院顏春
敏會同大理寺文彥博嚴加審理。

　　眾官會齊後，看了奏摺，發現馬朝賢監守自盜一
案，還牽扯出襄陽王意圖謀反叛變的事情，個個駭目

驚心，彼此商議著。

待都堂陳琳到後，便吩咐傳艾虎上堂。艾虎被帶進大堂時，眾人看他竟是個年僅十五歲的小孩，非常意外。接著開始審訊，艾虎從容不迫的將在開封府的口供重述一遍。

范仲禹問：「當初你家太老爺交付你主人九龍珍珠冠時，說些什麼？」艾虎道：「小人就聽太老爺說：『此冠好好收藏，等著襄陽王舉事時，就把此冠獻上，必得大大爵位。』」

范仲禹接著道：「聽你這麼說，你一定認得你家太老爺了。」艾虎一聽，愣了一下，心想：「糟糕，當初雖然見過馬朝賢，卻沒留意長相，現在也不能說不認得。」只好硬著頭皮說：「小的自然認得太老爺。」

這時外面鎖鍊聲響，一個年邁的太監脖子戴著刑具，面帶微笑從遠處走來，進入公堂時，才收斂笑容，儀態肅穆，見了諸位大人也不跪下報名，直挺挺站著。艾虎見這光景，心裡已大約領悟。

范仲禹說：「艾虎，你與馬朝賢當面對質吧！」艾虎故意抬頭一望道：「他不是我家太老爺啊！」陳琳笑著說：「好孩子，真是好眼力啊！看來你是真認得馬朝賢了。」

　　左右將假的馬朝賢
帶走。不久，又來個眼泛淚光、
愁眉苦臉的馬朝賢，跪在公堂之下。陳琳
說：「馬朝賢，有人告你三年前告假返鄉時，將聖上的
九龍珍珠冠擅自帶回家，你快從實招來。」

　　馬朝賢嚇得臉色慘白，大喊冤枉。文彥博命令艾
虎當面對質，艾虎說：「太老爺，事情已經如此，就不
必再推諉了。」

　　馬朝賢氣憤的斥責艾虎，辯稱不認識他。艾虎道：
「太老爺怎會不認得？小的當時十二歲，伺候您老人
家多日，太老爺還誇我很伶俐，將來會有出息，難道
太老爺都忘了？」文彥博道：「馬總管！你不必賴了，
事已至此，好好招了，免得皮肉受苦。」馬朝賢執意
不承認，顏春敏便道：「左右請大刑來！」艾虎一聽，
哭嚷著：「小的不告了！不想太老爺偌大年紀還受如此
折磨，這不是小的活活將太老爺害死嗎？」杜文輝見
狀，說：「暫不必用刑，且將他兩人都帶下去，不可叫
他們對面交談。」

　　眾大人商議過後，接著將馬強帶上來。杜文輝告 *181*

訴馬強有人為他鳴冤，但不知何人，要他指認。馬強見到上來的是艾虎，以為是要來救自己的，便在廳上與他相認，豈知艾虎當堂又說了一次九龍珍珠冠的事。

馬強氣得大罵：「你這狗才，滿嘴胡說！三年前太老爺何曾交給我九龍珍珠冠？」

顏春敏問：「艾虎說你將九龍珍珠冠供在佛樓，如果真的搜出來，你可認罪？」馬強道：「如果真在小的家中搜出九龍珍珠冠，我情願認罪。」於是要馬強簽字切結。接著又將馬朝賢帶上來，念馬強的具結書給他聽，馬朝賢也說：「犯人實無此事，如果從犯人姪兒家中搜出此冠，犯人情甘認罪。」於是簽字切結後帶到監牢。

文彥博接著問艾虎：「你可知你家主人遇劫的事？」艾虎答：「那天員外將新太守誆來，後來太守又被救走，員外心裡害怕，旁邊的人建議若出事就去投靠襄陽王。那時我正在招賢館服侍員外的朋友。當晚大約二更時，有位大漢帶領官兵將員外與夫人綁在臥室，招賢館那些人想要救員外，但都不是那大漢的對手，全都躲回館裡了，我也躲起來，不知被搶的事。」

文彥博又問：「你家員外是何時被押解到府？」

「後來聽人說大約是五更時候。」

七俠五義

文彥博沉思一會兒，對眾大臣說：「如此看來，搶奪財物之事與歐陽春無關。因為馬家僕人報案說是清晨被搶，但是清晨時分，歐陽春已押解馬強到縣衙，何況兩地相隔遙遠，怎可能同時搶劫呢？」眾大臣頻頻點頭稱是。文彥博吩咐帶當初告狀的家僕，豈知家僕聽說九龍珍珠冠之事，知道此案鬧大，早就嚇得逃之夭夭。

　　文彥博擬妥奏摺，隔天仁宗皇帝下旨命人到杭州捉拿那群無賴流氓，豈知招賢館裡早就不見人影，只剩郭氏和幾位奴僕。

　　差役在館中裡裡外外搜出許多信件，內容都是和襄陽王圖謀不軌有關，又叫郭氏隨同到佛樓上，果然在中間佛龕左邊槅扇後面搜出御冠帽匣。差役連忙打開驗明，仍舊封存妥當，即刻請御冠，接著將郭氏一併帶到大理寺。

　　眾位大人將御冠請出，大家驗明。接著，將郭氏帶上堂，范仲禹問：「此冠是從何處搜出？」郭氏答：「從佛樓中間龕內搜出。」杜文輝問：「是妳親眼瞧見嗎？」郭氏道：「是小婦人親眼所見。」杜文輝要她畫供詞，接著帶馬強上堂。

　　馬強一看到九龍珍珠冠和郭氏的說詞，嚇得目瞪

口呆，但罪證確鑿，無法抵賴，只好畫押認罪。顏春敏吩咐將馬強夫婦帶到一旁，立刻帶馬朝賢上堂，叫他認明此冠和郭氏供詞，以及馬強招認的說詞。馬朝賢嚇得魂飛魄散，當面質問郭氏後，只說道：「罷了！罷了！事已至此，叫我有口難辯。」也只好認罪。

這時，有老僕倪忠前來為倪繼祖一案申冤。范仲禹問：「你主人既有此冤，為何此時才來申訴？」

倪忠道：「小的奉家主命令前往揚州接取家眷，回到任所，方知此事，才急急赴京鳴冤。」說罷痛哭不已。文彥博聽完說道：「倪忠的呈詞與倪繼祖、歐陽春和艾虎所供相符。只是被劫一案，須問明白。」便吩咐帶倪繼祖、歐陽春。文彥博問倪繼祖：「你與歐陽春何時捉拿馬強？又於何時押解到府？」倪繼祖道：「訂於二更左右捉拿馬強，約隔日清晨押解到府。」文彥博又問：「為何延至清晨才到府？」歐陽春道：「因他家中招募許多勇士與小人對壘，等小人殺退後，於五更時才將馬強馱在馬上，霸王莊離府衙二十五六里，小人護送到府，天已黎明。」文彥博聽了來龍去脈，又叫人帶郭氏上堂，問道：「妳丈夫被何人拿住？」郭氏答：「被個紫髯大漢拿住。」文彥博又問：「妳丈夫幾時離家？」郭氏道：「約是五更時分。」文彥博續

問：「妳家被洗劫是何時？」郭氏道：「天尚未亮。」

「搶劫的不只一人，妳可看清搶匪的面貌？」

郭氏道：「當時我早已嚇得蒙在棉被裡，豈敢觀看？只聽他們說：『北俠歐陽春在此！現在正帶領差役向馬強討回公道。』」

文彥博說道：「此事不合情理，豈有強盜自己報上姓名？那時招賢館裡的勇士，為何全都不見？」郭氏回答：「一早起，小婦人盤點東西，不但招賢館內無人，就連那裡的物品也短少許多。稟報大人，我丈夫這些朋友全不是好朋友。」文彥博聽了，對眾人笑道：「這事很明顯，就是招賢館裡的人自己洗劫，嫁禍給歐陽春，又陷害倪太守的。」於是命人將馬強帶上堂與倪忠對質，馬強自知無法再強辯，只好一一招認。

聖上看了覆奏摺子，大為震怒，下令將馬朝賢和馬強處死，歐陽春義舉無罪，艾虎雖然以下犯上，但因御冠報案，可免罪寬恕。義僕倪忠賞七品承義郎，仍隨任服侍。倪繼祖磕頭謝恩後，又到開封府拜見包公，敦請北俠、小俠務必同到任。北俠難以推辭，就與小俠艾虎到杭州，逗留一陣子後，父子倆便前往茉花村了。

第二十二章 緝捕水寇 牽制謀反

　　且說洪澤湖水患不斷，經常淹沒良田房舍，聖上對此憂心不已，因此召來包公商量對策。包公大力保舉顏春敏，聖上即陞顏春敏為巡按，並派公孫策與白玉堂共同前往。

　　一行人來到泗陽城，知府早已在外迎接，說明水災情況，同時稟報近來常有水怪出現，搶掠百姓財物。隔天，顏春敏率眾人登上西盧山考察，只見湖面白茫茫一片，波濤洶湧，兩岸房舍被沖得四分五裂，許多百姓只能躲在地勢較高的地方，勉強搭著窩棚棲身，慘不忍睹。白玉堂心想：「水怪既不傷人，為何要拆毀窩棚，搶奪物品？」於是帶著幾名僕役往赤堤墩查訪。一到赤堤墩，百姓全都上前訴苦。

　　「水怪來時可有任何聲響？」白玉堂問。

　　「沒什麼特別的動靜，不過亂叫幾聲而已。」百姓七嘴八舌回答，白玉堂點點頭，遞給眾人幾兩銀子，要大家買米買柴，吃飽了，晚上再等著捉水怪。眾人

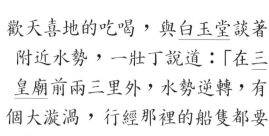

歡天喜地的吃喝，與白玉堂談著附近水勢，一壯丁說道：「在三皇廟前兩三里外，水勢逆轉，有個大漩渦，行經那裡的船隻都要非常小心，那一帶害了不少人命。」

眾人等到入夜，快到三更時，突然聽見水面嘩啦嘩啦巨響，一個面目猙獰披頭散髮的怪物，往窩棚直奔而來。白玉堂大吼一聲，颼颼打出幾顆石子，怪物慘叫著倒在地上。眾人蜂擁而上，大力扯下皮套，原來水怪竟是由人假扮的，正血流滿面跪地求饒。

顏春敏升堂審案盤查詳情。原來三皇廟中聚集十三名水寇，白天搶奪客船，夜裡就假扮水怪，想要驅離赤堤墩的百姓。白玉堂建議：「眼看水寇猖獗，若要較量水中本領，就非四哥蔣平莫屬了！」顏春敏連忙說是，遂奏請聖上派遣蔣平前來協助。隔天一早，先派黃開與清平兩位千總帶八名水手與公孫策一起探查水勢。

沒多久，清平神色倉皇的來稟告：「方才前往查探水勢，才到漩渦處，沒想到船頭一低，公孫先生和黃千總就掉進水裡了，卑職特來請罪。」顏春敏派人前往打撈，卻毫無所獲。

過幾天，蔣平一到，了解事情始末，就叫清平帶他到漩渦處。清平見他身材瘦小，一副病懨懨的樣子，心裡頗不以為然，暗想：「特地將這種人從京城調來，有任何作用嗎？遇到水寇也是白白送命。」

蔣平換上水靠，手中握著鵝眉鋼刺，身體往前一撲，迅速躍入水中。他在水中睜開眼睛，遠遠就看見有人手拿鐵錐，摸索著前來，蔣平用鋼刺猛力一刺，那人瞬間斃命。如此，連殺三個水寇，再順著水寇的方向沿路搜尋上岸，果然看見三皇廟。

蔣平進廟查看，裡面一個人影也沒有，只有桌下傳來呻吟的聲音，低頭一看，原來是個年老體病的僧人。僧人見了蔣平，以為是水寇，連忙說道：「不干我的事，是我徒兒將那位先生和黃千總放走的。」

蔣平安慰他：「我正是要來搭救先生的，你先告訴我事情始末。」

老和尚說：「原來是位官爺。兩天前，那幫水寇撈來兩個人，得知是黃千總和公孫策老爺，知道事情鬧大了，便留下三人看守，其他人分頭去給襄陽王報信，我要徒弟放了二位老爺，叫他也先逃走，留下我這病弱老命，任憑他們處置。」

蔣平聽了，暗暗佩服老和尚的善心，問道：「師父

可知頭目叫什麼？」

「他自稱是鎮海鮫鄔澤。」

蔣平又向他打聽公孫先生與黃千總的去向，老僧人道：「這裡荒涼偏僻，只有一條崎嶇難走的山路，往前數里就是螺螄灣了。」

蔣平問完，走出廟外，躍入水中，游過漩渦再回到船上，對清平說：「你趕快回稟顏大人，明日可帶官兵五十名到三皇廟埋伏，一舉殲滅水寇。之前的船難是水寇在底下用鐵錐鑿船造成，都已被我剷除，我已打聽到公孫先生與黃千總下落，如今就要去尋訪了。」說完又躍入水中，這時，清平見識到他的本領，才對他心服口服。

蔣平在水中泅游時，發覺水面有東西震動，鑽出水面一看，有人正在竹筏上撒網捕魚。那人見了蔣平，笑稱：「你這瘦弱的樣子也敢來當水寇？還不快滾。」

「我是來問路的，準備前往螺螄灣查訪朋友，所以穿水靠想走捷徑。」

「你是誰？要查訪何人？」

「我叫蔣平。」

「是翻江鼠蔣澤長嗎？」

「正是在下。」

那人哈哈大笑，說道：「失敬！小的叫毛秀，就住在螺螄灣，兩位官長現正住在舍下，聽他們提起過您，要我捕魚時多留心探訪，沒想到竟讓我遇上了，快請到寒舍來坐坐吧！」

毛秀帶著蔣平來到螺螄莊，一進門，就高聲叫喚：「爹爹開門哪！有貴客來啦！」不久，走出一位白髮蒼蒼的長者與蔣平彼此寒暄，原來毛秀的父親毛九錫是位善於治水的隱士。這時，公孫策與黃千總聽見聲響也從屋內走出迎接，大家相談甚歡。

隔天，蔣平告別眾人後，仍帶著鋼刺躍入水中，游到漩渦處，迎面來了兩個水寇，蔣平舉起鋼刺，兩下就刺死他們。正要向前游時，忽然一槍猛然刺來，蔣平側身躲過，反手擒住，扯住頭髮，這人灌了幾口水，便不省人事。

蔣平上岸後，將這人交給清平，一旁官兵帶來被活捉的水寇指認，隨即回稟：「此人正是水寇頭目鎮海鮫鄔澤。」

蔣平立刻率領官兵押解鄔澤回衙門，向顏春敏詳細報告平服水寇經過，並提到毛九錫精通治水之事。顏春敏大喜，馬上派人準備厚禮延請毛家父子前來。

不久，顏春敏登堂審問，審問時，鄔澤不敢有任何隱瞞，說襄陽王因得知他深諳水性，就派他騷擾洪澤湖附近居民，企圖趕走當地百姓，再派人占領洪澤湖作為反叛據點。顏春敏聽罷，錄下口供，命人將鄔澤關入監牢。

犯人才帶下，清平便來稟報毛家父子來到，顏春敏一見面就揖禮詢問治水之道，毛九錫從懷裡掏出一捲地圖，地圖裡山勢參差，水流分歧，或狹隘或開闊各有不同，旁邊一一標註治水方法，脈絡清楚。顏春敏見狀非常歡喜，立刻奏明聖上，並將毛秀父子留下協助治水。

沒多久，聖旨一到，顏春敏即按圖施工，僅四個月工夫，治水工程就修竣。聖上大悅，對毛九錫、毛秀、黃開、清平等，一一冊封犒賞。

另一方面，聖上對襄陽王逐漸敗露的謀反意圖寢

食難安，想要前往翦剿。包公密奏曰：「此時若發兵招討，恐怕引起激變，不如派人暗中查訪，翦除他的勢力，然後一舉擒拿禍首，才無後患。」聖上准奏，隨即加封顏春敏為文淵閣大學士，巡按襄陽，公孫策、白玉堂隨侍前往。

此時，襄陽王已經悄悄加強戒備，襄陽左側派黑狼山金面神藍驍駐守，負責統籌陸路；右側有飛叉太保鍾雄，負責督率水寨。他們與襄陽王互通聲氣，形成三足鼎立之勢。

第二十三章　小俠貪杯　仗義率性

　　這一天，聖上想起北俠歐陽春，特別召來包公詢問。包公稟奏：「北俠歐陽春武藝高強，為人正直，平日來去自由，卻是行俠仗義。」聖上微微領首：「如今何能一見？算是獎恤北俠義行。」眾英雄得知後，益發思念歐陽春，於是蔣平提議：「原是閒著，不如由小弟走一趟，前往茉花村尋訪北俠。」

　　於是，蔣平領了包公給的龍邊信票，一路前行。一天來到了來峰鎮悅來店。他住進西側客房，吃飯歇息片刻，正出來院子想小解時，聽見另一邊房裡有人竊竊私語，只聽一人道：「那人住在東客房，小弟見他已喝個大醉，不如趁他熟睡再下手……」蔣平覺得事有蹊蹺，猜測是有人想謀財害命，便悄悄奔到東客房一瞧，竟是艾虎爛醉如泥的躺在房內，鼾聲如雷，暗想：「小小年紀就貪杯誤事，若我不是剛好在此，就要被賊人謀害了。」

　　蔣平趕緊將燈打亮，搖醒艾虎，問：「賢姪怎會來

此？你師父往哪裡去了？」艾虎揉揉眼睛，道：「說來話長，義父在茉花村小住時，丁大叔已遣人前往襄陽打探消息。襄陽王獲悉朝廷對他日漸不滿，恐怕派兵征剿，早已布下嚴密戒備，分別安排黑狼山金面神藍驍和飛叉太保鍾雄駐守。師父和義父一聽非常驚駭，因為有位好友叫鐵面金剛沙龍，就住在臥虎溝，那裡離黑狼山不遠。他們一來擔心沙伯父被賊人侵害，二來擔心被賊人誆騙入夥，於是同丁二叔都到臥虎溝去了。小的悶了一陣子，也想上臥虎溝瞧瞧。」

蔣平道：「我今天原本奉旨要找你義父的，聽你如此說，我也要到臥虎溝走一趟。」艾虎睜大眼睛，趕緊央求：「好叔叔，拜託帶著姪兒去吧！」

蔣平沉思，方才店裡就有人見艾虎年幼可欺，實是危險，心想：「艾虎年幼貪杯又私逃出來，不如帶著前往，一來盡個人情，再者可找歐陽兄。」於是便答應，隔天一早，兩人即往湖廣出發。

這天，船隻為了躲避暴風雨，停泊在鵝頭磯下。蔣平獨自坐在船頭賞月，艾虎兩眼迷濛，逐漸昏昏

欲睡，沒多久就沉沉入夢。一覺醒來，發現蔣平不知去向，艾虎急得到處尋找。只見船頭擺著蔣平的鞋子，船艙裡，包袱中的銀兩俱在，就連龍邊信票也完好，不像是被船家謀財害命，心中又惱又慌，正暗自流淚時，船已到了停泊之處，艾虎只得背著行李，無奈的離船上岸。

原來昨夜停泊鵝頭磯時，蔣平在船頭聽見有人呼救，便跳下水救了一名老者上岸，誰知待他安頓好老者，回到停船處時，卻早已影蹤全無，想來是船夫見天候轉好，便趁著順風開船去了，蔣平無奈，只得自個兒繼續上路。

而艾虎豈知這許多枝節？一路上憶起蔣平的照顧，如今卻失足落水，不禁悲從中來。走著走著，忽然想起蔣平綽號混江鼠，深諳水性、能在水中張目視物，怎會輕易溺水？想到此，心中大樂，於是邁開大步獨自前行。

經過綠鴨灘時，艾虎只覺得裡面人聲吵雜，酒食香氣迎面撲來，又聽大聲划酒拳，忍不住又走近人群，也伸手跟著划酒拳，座上的客人瞥了一眼：「你這小子打岔什麼？」

「我看你們飲酒熱鬧，也想喝幾杯。」艾虎回答。

「這裡不是酒館，不賣酒，你快滾吧！」

「你騙我，這裡明明這麼多人喝酒。」

艾虎伸手去搶酒，那人出手一揮，艾虎輕笑一聲，將他往外一拉，那人就摔得跌坐在地，正要起身反擊時，一位老漁人衝出來說道：「老弟，老漢名叫張立，這裡不是酒館，因為我和老伴剛收了義女，這些鄉親都是來賀喜的，你要喝酒就請進，我敬你三杯。」說完也對跌坐旁邊的人說：「史雲兄弟，就看在老漢的面子上，不為難他了。」

艾虎聽了趕緊順勢說：「史大哥，請恕小弟無禮了，小弟正要到臥虎溝，經過此地，見眾人飲酒作樂，頓時覺得口渴。方才聽張老丈說府上有喜，也讓小的一起道賀吧！」說完，從懷裡掏出五兩銀子給張立當作賀禮。

艾虎跟著眾人歡喜的吃喝說笑。直到眾人都有幾分醉意時，忽然聽見屋外有人大聲嚷嚷：「張老兒在家嗎？」張立出門一看，大驚失色，原來是黑狼山的小嘍囉，趕緊說道：「老漢今日宴客，一時忘記，明日再多備魚蝦補上。」

原來自從藍驍占領黑狼山，知道綠鴨灘有十三家漁戶，就訂下規矩，每天輪一人當值，負擔山上所有

七俠五義

食用的魚蝦。

　　兩個嘍囉大喝：「我們不管這些，有什麼事，你自己跟頭目說。」

　　史雲聽見吵嚷聲，出來幫腔，說了張立收義女的事。

　　兩個嘍囉說道：「既然如此，讓我們瞧瞧這閨女。」說完不顧張立阻攔，逕自往屋內走，看完大笑數聲後，揚長而去。

　　綠鴨灘的漁人見兩名嘍囉大笑離去，心中忐忑不安，大夥兒議論紛紛。史雲趕緊喚醒艾虎，說明緣由，要他早早離去，以免被連累。

　　正說話時，有漁夫倉皇跑來：「不好啦！葛頭目帶人來了。」

　　張立嚇得發抖，艾虎說：「老丈人別怕，有我在。」說完走出門扉，只見二三十個嘍囉簇擁著，頭目騎在馬上，正大聲叫嚷：「張老頭兒，聽說你有個如花似玉的女兒，我特來求親。」

　　艾虎一聽，大喝一聲：「你又是誰？」

　　「有誰不知我是葛瑤明，綽號蛤蠣蚌子嗎？你又是誰？竟敢多事。」

　　「哈哈，我還以為是藍驍，原來是無名小卒，我

艾虎在此，你敢怎樣？」

葛瑤明喝令周圍小嘍囉將他綁了，只見艾虎不慌不忙將手臂左右一揮，打倒兩個；轉身一踢，又有一個倒地，一會兒又圍過來十多個嘍囉，艾虎就像入羊群的猛虎，將他們打得落花流水，史雲在旁看了，暗暗叫好。

只見葛瑤明拔出鋼刀想偷襲艾虎，史雲握緊五股魚叉迎去，「噹啷」一聲，鋼刀落地，葛瑤明將馬匹一拉，往外奔逃，幾個嘍囉也抱頭鼠竄。

艾虎和史雲追進山裡，沒想到艾虎得意忘形，一下就中計，被埋伏的絆腳繩絆倒。葛瑤明喝令眾嘍囉分成兩路，一批押著艾虎上山，一批到張立家搶親。正洋洋得意時，一隻野雞忽然從天落下，葛瑤明彎腰撿起，只聽有女子嚷嚷：「快把雞放下，那是我們打的。」

葛瑤明一看，說話的是個面貌極醜的女子。

「你手無寸鐵，怎麼打的？」

「是我姐姐打的，她就站在樹下。」葛瑤明見樹下那名女子面貌清秀，暗暗歡喜，故意說：「我不信，除非她跟我去後山，打一隻給我看看。」

「你不還，就休想過去。」那樹下女子怒道。

　　才剛說完，只聽葛瑤明「唉呀！」一聲，栽倒在
地，兩眉間血流不止，果真被樹下女子用鐵彈丸打中。
葛瑤明還未站穩，醜女子就往他後背猛踢一腿，眾嘍
囉見他被踢得狼狽，趕緊丟下艾虎逃命去了。

第二十四章 太守逢寇 英雄解圍

艾虎眼見那女子身手矯捷，三兩下便將眾嘍囉打得連滾帶爬，於是大聲喝采叫好。醜女子轉頭問道：「你是誰？」

「我是艾虎，被他們用奸計綁來了。」

「嗯，有個黑妖狐你可認識？」

「智化是我師父，歐陽春是我義父，姐姐貴姓？」

「原來是艾虎哥哥，我是秋葵，是沙龍的義女。剛才用鐵丸打惡賊的是鳳仙，是義父的親女兒。」秋葵邊說邊招手喚姐姐近前來。鳳仙聽見艾虎二字，悄悄瞅一眼，面露微笑，走近與艾虎相互施禮。

這時聽見半山有人喝道：「兩個丫頭，怎和陌生男子在一起？」艾虎抬頭望去，見遠處三名壯碩大漢正插腰站立著。

「爹，爹，快瞧瞧，是艾虎哥哥來了！」秋葵高聲叫喚，原來三名大漢正是鐵面金剛沙龍和他的兩個義弟焦赤、孟傑。

「哪個是艾虎姪兒？讓我瞧瞧！」身旁的焦赤一聽，搶先跑下山。

來到近處，沙龍上下打量艾虎，微笑點頭著說道：「聽北俠、智化和兆蕙提到小俠的英勇事跡，今日相見果然不凡。」

原來，歐陽春、智化和丁兆蕙三人到臥虎溝，見了沙龍，講述到馬朝賢一事，說多虧艾虎少年英勇膽識過人，才能在五堂會審中解救忠臣義士，自此得了「小俠」之名，誇得沙龍等人連連稱讚。歐陽春和智化聽說沙龍員外有個女兒鳳仙，一身好武藝，更有絕技金背彈弓，打出的鐵丸可說百發百中，因此便趁機託丁兆蕙為艾虎向沙龍求婚事。如今焦赤見了艾虎，滿心歡喜，忍不住嚷道：「這門親事就這麼說定了！」

沙龍問艾虎：「賢姪何故來此處？」艾虎一一說明，又提到搶親之事，眾人趕緊提起棍棒鋼叉下山解救張立義女。

才到山邊，就見擄走張立義女的嘍囉抬著轎子走來，轎裡傳出隱隱啜泣聲。

艾虎一行人掄開大棍，吼了一聲，使勁猛打。焦赤托定鋼叉，左右一

幌，叉環亂響，眾嘍囉嚇得放下轎子，四散竄逃。

此時張立夫婦從山口踉蹌哭喊著趕來，眾人迅速將姑娘鬆綁。不久，沙龍父女也迎上來，將張立夫婦與義女帶到臥虎溝安頓。為了避免藍驍再派嘍兵擾民，就與綠鴨灘的漁戶商量，讓他們全都移往臥虎溝居住。

臥虎溝原是十一家獵戶，以沙龍最年長。沙龍武藝超群，為人正直，因此其餘十家都聽他調度。自從藍驍占領黑狼山，他便聚集所有獵戶傳授武藝，以防不測。後來結識孟傑與焦赤，更有了幫手。藍驍曾與他交手，知道他本領高強，便暗中寫信給襄陽王，提到意欲攏絡沙龍，將來可做起義先鋒，於是便下令嘍囉再也不可招惹臥虎溝的人。

艾虎隨沙龍來到臥虎溝，向沙龍詢問歐陽春與智化去向。

「賢姪來晚，三天前他們就已動身前往襄陽。」

艾虎暗自懊惱：「都怪我當初貪酒誤事，耽誤了時間。」

艾虎住了兩天，便決定啟程前往襄陽。

襄陽太守是新上任的金輝，先前因為兩次上奏彈劾襄陽王，包公又極力

保薦，聖上看他正直無畏，因此拔擢他任襄陽太守。

金輝接獲聖諭後，一路趕赴襄陽。就在離赤石崖不遠處，看見許多嘍囉一字排開，擋住去路，當中一名黃眉黃鬚的大漢，騎著黃驃駿馬過來說：「我是藍驍，特地來請太守到山上談談。」說完將狼牙棒一揮，嘍囉蜂擁向前，拉扯金輝的坐騎向山中奔去。

半途上，只見葛瑤明飛馬奔來，報告道：「我們奉命攔下金太守的家眷，不料遇到沙龍、孟傑和焦赤等，人又被他們搶走了。」

「沙龍真是欺人太甚！」藍驍氣呼呼的吩咐葛瑤明押解金輝上山，接著帶領嘍兵衝到赤石崖等候沙龍，一看見他們經過就上前質問。

沙龍道：「這就是你的不對，你沒聽見馱轎裡的哭聲何等悽慘，我們怎能見死不救？何況金太守是朝廷命官，你怎能擅自綁架？不如將他放了，我替你說個情，免得你擔當不起。」

藍驍怪叫一聲：「好啊，沙龍，你也欺人太甚了！今日我跟你誓不兩立。」

說完，雙方人馬一擁而上，打了起來，由於焦赤先護送金太守家眷回臥虎溝，只剩沙龍、孟傑留下抵敵，藍驍見他們兩人揮舞竄跳，英氣勃發，便使了暗

令，讓眾嘍囉群起圍攻。兩人起初不以為意，但殺了多時，漸漸困乏，此時葛瑤明又帶人回來助陣，敵眾我寡的情況下，沙龍兩人漸漸感到體力不支。

正當葛瑤明在指揮嘍囉時，見遠遠走來一名妙齡女子，正是前次打野雞的鳳仙，心裡又生了歹念，便騎馬上前，喊著：「美人兒，妳要上哪兒？」話一出口，「唧」一聲，一顆鐵丸子打進葛瑤明眼眶中，他慘叫著跌落馬，秋葵趕上前去，用鐵棍將他擊斃。

姐妹倆使開彈丸和鐵棍，連同趕來的焦赤，三人大殺四方，將嘍囉打得四處逃竄，沙龍也衝出重圍和大家會合。這時聽見山上傳來鼓聲，有人吶喊：「別放走沙龍，大王有令，不准放冷箭，一定要活捉！姓沙的，到處都有埋伏，你就趁早投降吧！」沙龍等人聽了，不覺駭目驚心。原來藍驍暗令嘍兵誘敵，企圖等他打得疲乏再加以制伏，將沙龍納為自己的膀臂。他吩咐四個頭領在山口埋伏，自己則在山頂揮動令旗吶喊，沙龍父女和孟傑、焦赤東跑西跑，不是石如驟雨，就是箭似飛蝗，只好五人聚在一起歇息商量。

此時在臥虎溝沙龍的莊院內，突然來了三位訪客，正是從襄陽趕回的歐陽春、智化和丁兆蕙。原來他們趕到襄陽，聽聞襄陽王已立盟書準備造反，便回來想

找沙龍一起輔佐顏春敏，早日剿滅襄陽王。豈知一進莊，就聽張立說道：「沙員外救了金太守，卻被藍驍在赤石崖劫截，焦赤、孟傑和兩位小姐也一同前往救應，至今尚未歸返。」

智化聽了，連忙說：「糟糕，這下可要麻煩歐陽兄和丁賢弟辛苦辛苦，一同前往。我在家中防備賊人來搶奪家眷。」於是由史雲領路，眾人相偕來到山下，西山口的頭領見歐陽春等人，不敢怠慢，即刻通報。

藍驍心想：「何不趁機將他們一網打盡？」便差人將入山口開放。

歐陽春帶著七名壯漢來到山崗，質問藍驍為何困住沙龍。兩人一言不合，場面火爆，歐陽春就掄開七寶刀砍來，藍驍舉起狼牙棒相迎，兩人戰了幾回合仍不分勝負。這時，歐陽春將寶刀往外一削，狼牙棒瞬間被削去半截。藍驍左手揮起鐵棒，歐陽春再猛力一砍，鐵棒已飛去數步遠，藍驍晃了兩下，歐陽春順勢揪住馬韁繩，將身一轉，連背帶扛的跳下馬背，往地上猛力一扯，藍驍就「咕咚」摔倒在地。

歐陽春、史雲等人齊手將藍驍細綁，先救出金輝送回臥虎溝，再回到西山入口，孟焦二人也來押解藍驍，然後上山合力剿滅巢穴。

第二十五章　俠情萬丈　匡君澤民

　　且說艾虎離開臥虎溝後，便直奔襄陽。一到襄陽，卻未發現歐陽春與智化的蹤影，只好暫且住下，暗暗訪查。

　　一日，艾虎在酒樓飲酒，依稀聽人低聲談起，說襄陽王趙爵已經立了盟書，還特地蓋了一座沖霄樓，把盟書懸在梁上，在外面設下八卦銅網陣，派人日夜看守著。艾虎知道銅網陣相當屬害，因此不敢輕舉妄動，只能每天在王府附近窺探，或在對面酒樓瞭望。

　　這天，當他坐在酒樓裡，忽然看見遠遠走過兩個人，正低頭附耳交談著，行跡很可疑，模樣又似曾相識。艾虎悄悄跟在兩人後面，來到雙岔路口。只聽一人道：「咱倆就在十里堡會合就是。」

　　他定睛細瞧，暗叫一聲：「唉呦！豈不是招賢館裡的老相識？」原來這兩個不是別人，正是賽方朔方貂和小諸葛沈仲元。艾虎趕緊回到旅店裡，結了房錢，直奔長沙關外十里堡，想搶先一步過去查探。

　　艾虎日夜不停趕到十里堡後，先歇了一夜，次日便上街閒晃，打探消息。只見街上人潮川流不息，接官廳外更是張燈結綵，熱鬧非凡。原來襄陽太守金輝將從此地經過，長沙太守邵邦傑與金輝是至交，因此接待隆重。

　　艾虎推測：「或許方貂和沈仲元打算在府裡弄什麼玄虛吧！我倒要仔細瞧瞧。」

　　沒多久，金輝太守一行人抵達，在公館安頓下來。智化一路隨行護送太守一家，到了公館也沒鬆懈，每天深夜，就改換行裝，在屋舍內外巡邏著。

　　這天夜晚，智化從公館後方悄悄往前走時，忽然看見有個黑影一閃，他趕緊躡腳急奔東耳房，一彎身，腳尖使勁一蹬，順勢躍上牆頭。只見大廳屋頂有個人影正手握椽頭，兩腳撐住瓦隴，倒垂著往下探看。

　　一會兒，那人身後又閃出來一個人影，智化定睛一看，心想：「身材看來雖短小，行動卻靈活。」那人影將趴著的那人左腳蹬的磚抽出，那人腳底一鬆，趕緊將身子一挺，然後又趴下，就在挺身的

瞬間，背著的鋼刀順勢被抽走。

<u>智化</u>在旁看得清楚，知道後來的那個人是幫手，心裡倒是放心不少。

過了一會兒，趴著的人從大廳上翻身而下，伸手往背後一摸，卻只摸到一個空鞘，正轉身要走，左肩膀就被方才那個幫手持著鋼刀猛力一砍，「哎呀！」一聲，慘叫著栽倒在地。

原本還在暗處窺探動靜的<u>艾虎</u>突然一躍而出，大聲嚷著：「有刺客！」聽見有人應和：「對面房上還有一個。」他立刻奔向那人，只見那身影跳到西耳房，身體一晃，躍過牆頭，<u>艾虎</u>躥上牆頭，又輕巧跳下，腳還沒站穩，突然感覺耳邊有一股涼風，他將刀往上舉接住，「喀噹！」一聲，刀鋒相對火星亂迸。

對面那人讚了一句：「好功夫！」便直奔樹林，<u>艾虎</u>緊追不捨，追到茂密林子裡時，突然聽見有人問道：

七俠五義

「來的是艾虎嗎？」

艾虎聽出是師父智化的聲音，又驚又喜道：「正是。您可是師父？賊人逃到哪裡了？」

智化道：「賊已經被擒住了。」

忽然那被擒的人回話：「智大哥，小弟若是賊，大哥你呢？」智化仔細一看，竟然是小諸葛沈仲元，立刻放了他，問道：「沈兄怎會在此？」

沈仲元道：「當初賽方朔方貂從霸王莊逃出來後，就去投奔襄陽王；而我在捉拿馬強時，因不想牽連其中而稱病，後來見招賢館裡的無賴心生搶劫歹念，計議投奔襄陽王，我心想早就傳聞襄陽王趙爵意圖謀反，將來國法必不寬貸，不如將計就計，投到奸王府裡做內應，屆時也可以為朝廷出力，趁機為百姓除害。」

智化回答：「沈兄包蒙羞恥，一心為民，可說是真英雄啊！」

「前幾日有嘍囉來向襄陽王報告藍驍被逮之事，襄陽王原本命藍驍將

金輝綁架到山上，勸他歸
順，若不肯，就殺了他，沒
想到藍驍反被歐陽春捉住，
他便與眾幕僚研議對策。就有
一人提議：『現今聖上派顏春敏為
襄陽巡按，又派邵邦傑任長沙太守，
這幾人都是棘手人物，應該一網打盡，
才可高枕無憂，在此有個『一計害三賢』的
妙法。』」

「如何『一計害三賢』？」

「那人提到金輝必將從長沙經過，長沙關外的十
里堡是接官廳，只要派武藝高強者去行刺金輝，邵邦
傑的官就做不成了，因為金輝在轄區被刺死，他難辭
其咎。接著再向顏春敏告狀，他身為襄陽巡按，太守
被暗殺，他怎可不管？一旦管了，只要抓不到行刺之
人，他被怪罪也是早晚的事。襄陽王聽了大聲讚好，
就派方貂來此行刺。」沈仲元繼續說：「我心想，萬一
真的成了，豈不陷害忠良？趕緊自告奮勇前來協助，
接著就是諸位所見之事。」

「賢弟如此用心，遠在我等之上。」

「哪分什麼上下？尚無法輔助君王、澤被百姓，

只是託『俠義』二字，了卻終身罷了。」

這時，艾虎上前見過師父與沈仲元。沈仲元上下打量艾虎，笑著對智化說：「果真是『能將手下無弱兵』啊！艾虎抽刀輕快，越牆閃躲的功夫，真是靈巧至極！」

智化道：「好是好，就是魯莽些，松林裡幸好是我在此，若是遇到埋伏，可就吃大虧了。」沈仲元笑了笑，艾虎暗暗佩服不已。

「沈兄，今後若有大事，務必請你相助。」智

化又託付沈仲元，沈仲元滿口
答應。彼此就分手各自回去。

　　智化與艾虎回到公館，說明事
情經過。第二天，金輝就將捉住刺客
之事告訴邵邦傑，邵邦傑將方貂關入牢
中，準備押解到京城。接著智化帶了小
俠艾虎上前拜見並說明來歷，金輝感激不
盡。邵邦傑裡外張羅，送金輝上路赴任，
智化和艾虎也隨後啟程，繼續在風雲際會
的世局中，為俠義正道和天下蒼生奔走。

後　記

　　本書只言「七俠」和「五義」之情節，尚有更精彩的後續，如：智化探銅網陣；白玉堂三探沖霄樓；群雄戰襄陽；艾虎至陷空島、茉花村、柳家莊三處報信；盧珍單刀闖鎮；紫髯伯歐陽春辭官出家；白玉堂救顏春敏巡按，終致命喪銅網陣；眾英雄開封大聚首，群俠義公廳堂結拜……諸般故事，俱在小五義書中，可說豪氣萬丈，無法一一道盡。

七俠五義
——在那名為江湖的世界

看完這麼多俠客義士的故事，有沒有覺得江湖豪傑們就像古代版的超級英雄呢？現在就讓我們一起來動動腦，想想以下的問題吧！

1.故事中，智化計畫了一場「盜冠栽贓、小俠告狀」的行動，以誣賴的方式逼馬強俯首認罪，你認為這樣的做法是否符合公平與正義？為什麼？

_____

_____

_____

2.錦毛鼠白玉堂歷來一直是《七俠五義》書中的明星角色，故事中對他的描寫既深刻又鮮明，你認為他有什麼值得一提的優點或缺點？

_____

_____

_____

3.在武林中，許多俠士豪傑都有自己的稱號，用來行走江湖。以下人物及他們的稱號該怎麼配對呢？ 請連連看。

《 穿 山 鼠 》	• 沙 龍
《 徹 地 鼠 》	• 盧 方
《 金 面 神 》	• 蔣 平
《 黑 妖 狐 》	• 沈 仲 元
《 鐵 面 金 剛 》	• 韓 彰
《 小 俠 》	• 藍 驍
《 小 諸 葛 》	• 徐 慶
《 翻 江 鼠 》	• 智 化
《 北 俠 》	• 艾 虎
《 鑽 天 鼠 》	• 歐 陽 春

國家圖書館出版品預行編目資料

```
七俠五義 / 黃秀精編寫;簡志剛繪.－－初版一刷.－－
臺北市: 三民, 2018
    面; 公分.－－(兒童文學叢書 / 小說新賞)

  ISBN 978-957-14-6439-8 (平裝)

  1.章回小說

857.44                                    107009829
```

© 七俠五義

編 寫 者	黃秀精
繪 者	簡志剛
責 任 編 輯	徐子茹
美 術 設 計	張萍軒
發 行 人	劉振強
著作財產權人	三民書局股份有限公司
發 行 所	三民書局股份有限公司
	地址　臺北市復興北路386號
	電話　(02)25006600
	郵撥帳號　0009998-5
門 市 部	(復北店)臺北市復興北路386號
	(重南店)臺北市重慶南路一段61號
出 版 日 期	初版一刷　2018年7月
編 號	S857680

行政院新聞局登記證局版臺業字第○二○○號

有著作權‧不准侵害

ISBN　978-957-14-6439-8　（平裝）

http://www.sanmin.com.tw　三民網路書店